诗经之美

吴锋⊙编著

南京出版传媒集团
南京出版社

图书在版编目（CIP）数据

诗经之美/吴锋编著．--南京：南京出版社，2018.10

ISBN 978-7-5533-2410-4

Ⅰ．①诗… Ⅱ．①吴… Ⅲ．①《诗经》-诗歌欣赏 Ⅳ．①I207.222

中国版本图书馆CIP数据核字（2018）第201680号

书　　名：诗经之美

编　　著：吴　锋

出版发行：南京出版传媒集团

南　京　出　版　社

社址：南京市太平门街53号　　**邮编**：210016

网址：http://www.njcbs.cn　　**电子信箱**：njcbs1988@163.com

天猫1店：https://njcbcmjtts.tmall.com　**天猫2店**：https://nanjingchubanshets.tmall.com

联系电话：025-83283893、83283864（营销）025-83112257（编务）

出 版 人：项晓宁

出 品 人：卢海鸣

责任编辑：王松景

装帧设计：罗　雷

责任印制：杨福彬

策　　划：日知图书（www.rzbook.com）

印　　刷：北京文昌阁彩色印刷有限责任公司

开　　本：710毫米×1000毫米　1/16

印　　张：14

字　　数：200千字

版　　次：2018年10月第1版

印　　次：2018年10月第1次印刷

书　　号：ISBN 978-7-5533-2410-4

定　　价：49.00元

营销分类：国学

前言

《诗经》是中国第一部诗歌总集，原有311篇，现存305篇，古人称之为“诗”或者“诗三百”。它收集了从西周到春秋约五百年间的诗歌。《诗经》分为“风”“雅”“颂”三部分。《风》又称《国风》，分为《周南》《召南》《邶风》《鄘风》《卫风》《郑风》等15国风，是各地的民歌，内容主要涉及婚恋、农事、战争等方面，具有很强的抒情色彩。《雅》分为《小雅》和《大雅》，是宫廷宴享或朝会时的乐歌。《颂》是产生较早的古乐，语言和形式上都显得雍容、典雅。

《诗经》在中国文化史和文学史上占有重要地位。一方面，它是“五经”之一，担负着“经夫妇，成孝敬，厚人伦，美教化，易风俗”的重任，是儒家的重要经典；另一方面，它又是中国古典文学的发端，它在审美追求、抒情方式、句式特点等方面为中国的诗歌奠定了基础，是中国古典文学的源头。它所体现出来的艺术品格影响了中国文学数千年。

《诗经之美》一书是“读书会”系列丛书中的一种，是《诗经》选本，入选篇目都是历来公认的名篇。全书保持了风、雅、颂的体例，每篇分为原诗、注释、译文、赏析四部分，注释力求准确、简洁，并为生僻字词加注拼音。译文生动流畅，力求做到信、达、雅的完美统一。赏析则透彻分析诗的内容和艺术特色，从字面上切入《诗经》时代，从精神层面上贯通古今，拉近读者与《诗经》的距离。

目录 诗经之美 CONTENTS

周南

召南

邶风

鄘风

卫风

王风

郑风

齐风

豳风

小雅

大雅

三颂

周南

《诗经》国风中的内容。“南”原指周王都城南边的地方，后来才演变为一种地方曲调的专名。“南”这种曲调最初盛行于江汉流域，所以将采得的这些地区的歌词，命名为“周南”。

关雎

关关雎鸠①，在河之洲②。窈窕淑女③，君子好逑④。
参差荇菜⑤，左右⑥流之。窈窕淑女，寤寐求之。
求之不得，寤寐思服⑦。悠哉悠哉，辗转反侧⑧。
参差荇菜，左右采之。窈窕淑女，琴瑟友之⑨。
参差荇菜，左右芼⑩之。窈窕淑女，钟鼓乐之。

注释

①关关：水鸟鸣叫声，象声词。雎（jū）鸠（jiū）：一种水鸟名。相传这种鸟雌雄情意专一，一生只有一个配偶。②洲：水中的陆地。③窈窕（yǎo tiǎo）：容貌美好，叠韵词。淑：善、好，即品德贤良。④君子：《诗经》中男子的通称。逑：配偶。好逑：佳偶。⑤参差（cēn cī）：长短不齐的样子，双声词。荇（xìng）菜：一种水中植物，嫩叶可以吃。⑥左右：指采荇菜女子的双手。流：摘取。⑦寤：睡醒；寐：睡着；寤寐在这里的意思为日日夜夜。思：思念。服：思念，“思服”两字为同义复词，都是思念之意。

⑧**悠哉**：思念深长的样子。**辗转反侧**：翻来覆去，不能安眠。⑨**琴瑟**：古代乐器名，琴多七弦，瑟多为二十五弦；常用于比喻夫妻恩爱和美。**友**：亲近。⑩**芼**（mào）：拔取。“流”“采”“芼”皆指采取，但动作与感情的程度呈递进。

译文

关关鸣叫的雎鸠鸟，栖居在河中小沙岛。

美丽贤淑的姑娘啊，正是我理想的佳偶。

长短不齐的水荇菜啊，姑娘左右忙着去采摘。

温柔贤淑的好姑娘啊，醒来做梦都想念着她。

苦苦思慕追求不可得，夜以继日地思念她啊。

思念绵长不尽难断绝，翻来覆去啊难以入眠。

长短不齐的水荇菜啊，姑娘左右忙着去摘采。

美丽贤淑的好姑娘啊，我要弹琴鼓瑟亲近她。

长短不齐的水荇菜啊，姑娘左右忙着去摘取。

美丽贤淑的好姑娘哟，我要敲钟击鼓取悦她。

赏析

都说爱情是文学永恒的主题，看来是不错的。《关雎》作为《国风》的第一篇，也是中国最早的一部诗歌总集的第一篇，便是描写爱情的。古人将其放在三百篇之首，足见对其评价之高。这从一个侧面也确证了爱情是文学永恒的主题。我们就来细细品味这《诗经》的开篇之作：

从全诗来看，诗中的抒情主人公应该是一位纯情的少年。一次偶然的邂逅，看到了一位美丽贤淑的乡村少女，从此动了情思，一发而不可收。由于种种原因主人公无法向自己的心上人表白，只好把思念藏在心里，日日夜夜都在思念。诗歌以雎鸠鸟的和鸣声起兴，听着一对两情相悦的鸟儿的和鸣，使主人公想起了自己的心上人。诗歌没有正面描写姑娘生得如何漂亮温柔，只是主人公一次次地称之为“窈窕淑女”，能让一位少年如此动情的必定是一位美丽漂亮而又温柔贤淑的好姑娘。心中的思念就像水中的荇菜一样不绝如缕，难以排遣。在痛苦的相思中主人公又想到了自己应当主动向梦中情人表白，甚至想到有朝一日应当与自己的心上人结成恩爱的夫妻。

孔子对《关雎》评价颇高，他说：“《关雎》乐而不淫，哀而不伤。”这正是儒家所肯定的一种艺术风格，所以孔子在删定《诗经》时将其放在第一篇。全诗始于兴，由雎鸠鸟的和鸣而促发了对那位“窈窕淑女”的思念，接着写了思念的情状。未言其如何痛苦，只以“寤寐思服”和“辗转反侧”的细节来描绘，可谓是“哀而不伤”了。诗末言主人公求而得之的喜悦。“琴瑟友之”“钟鼓乐之”，都是既得之后的情景。“琴瑟”暗喻男主人公想与女主人公结为夫妻，钟鼓又暗喻婚礼之喜庆。与曰“友”，曰“乐”，用字自有轻重、深浅不同；极写快兴满意而又不流于侈靡，所谓“乐而不淫”。全诗表情极为含蓄，含蓄中又有深意。

《诗》有六义：风、雅、颂、赋、比、兴。这首诗的主要表现手法是比兴，“比”和“兴”在古代是不同的，但是在有的作品中它们又是混合的，“比”中有“兴”，“兴”中有“比”。《关雎》中以兴为主，但“兴”中带“比”。如此诗起兴，但兴中又以雎鸠之“挚而有别”来“比”淑女应配君子；以荇菜流动无方起兴，兴中又暗指淑女之难求。这种手法的优点在于寄托深远，含蓄隽永，能产生文已尽而意有余的效果。

这首诗还富有音乐美，诗中采用了一些双声叠韵的联绵字，以增强诗歌音调的和谐美，同时还增强了描写的生动性。如“窈窕”是叠韵；“参差”是双声；“辗转”既是双声又是叠韵。这些用词增加了诗歌的韵律美，读之铿锵有力，歌之音韵和谐。用这类词修饰动作，如“辗转反侧”；摹拟形象，如“窈窕淑女”，声情并茂；描写景物，如“参差荇菜”，活泼逼真。为了加强这种音乐效果，本诗还采用了叠章的艺术手法。本诗的第一、二句和四、五句都采用了叠章的手法，句式都极为相近，只有个别词不同。这样反复咏唱就产生了一唱三叹的效果，在层层反复中深化了主题，加强了感情渲染效果。

葛覃

葛之覃兮①，施于中谷②，维叶萋萋③。黄鸟于飞，集于灌木④，其鸣喈喈⑤。

葛之覃兮，施于中谷，维叶莫莫⑥。是刈是濩⑦，为絺为绤⑧，服之无斁⑨。

言告师氏⑩，言告言归。薄污我私⑪，薄浣我衣。害浣害否，归宁父母⑫。

注释

①**葛**：葛藤，一种蔓生纤维科植物，可用来织布，今称为夏布。**覃**（tán）：延，长也。②**施**（yì）：指葛藤蔓延、爬满。**中谷**：谷中，山谷之中。③**维**：句首语气词。**萋萋**：茂盛的样子。④**于**：语气

助词。**集**：聚集，停靠。**灌木**：矮小丛生的树木。⑤**喈喈**（jiē jiē）：象声词，形容鸟鸣婉转动听。⑥**莫莫**：极其茂盛的样子。⑦**是**：乃，于是。**刈**（yì）：割。**濩**（huò）：煮。⑧**为**：动词，此处指织成。**絺**（chī）：细葛布。**绤**（xì）：粗葛布。⑨**斁**（yì）：厌恶，即久穿不厌倦。⑩**言**：句首语气助词，无实义。**师氏**：古代教导女子学习女工的人。⑪**薄**：句首语气助词，含有勉励之意。**污**：去污，洗净。**私**：内衣，贴身衣服。⑫**害**（hé）："曷"的假借字，同"何"。**浣**（huàn）：洗涤。**归宁**：古代已婚女子回娘家省亲问安。**宁**：安宁，用为动词，问候安宁。

译文

葛藤长得长又长，满山遍谷都生长，嫩绿叶子水汪汪。黄鹂来回飞啊飞，纷纷停落灌木上，唧唧啾啾把歌唱。

葛藤长得长又长，满山遍谷都生长，嫩绿叶子多繁茂。割藤蒸煮多繁忙，织细布啊织粗布，做成衣裳穿不厌。

告诉女师心中语，说我心想回娘家。内衣勤洗要勤换，外衣勤洗好常穿。洗与不洗要分清，干干净净见爹娘。

赏析

结婚不久的少妇都会想回娘家，把婚后的生活感受告诉自己的母亲或者姐妹，同时由于第一次长时间不在父母身边生活，肯定非常急切地想见到自己的父母。这首诗就描写了已婚女子回娘家探亲前的劳作、准备的情景，充满着急切、盼望的喜悦。

全诗第一章采用了"兴"的手法。写到了生长茂盛的葛藤和歌声婉转的黄鹂。女主人公见到枝枝蔓蔓，生长繁盛的葛藤，激起了思乡的情绪。这种不绝如缕的愁思也正像葛藤的生命力一样强烈，一样绵长；婉转动听的黄鹂鸣叫声，使女主人公想象到它们一定是在亲切欢快地交谈着什么开心的事情，大概就和自己回到娘家见到母亲和姐妹们的情状差不多吧。原来，这葛覃不仅是女主人公眼中所睹之物，而且还是她的劳动对象，她每天的劳作都与这葛覃有关。接下来的第二章写了女主人公辛勤劳作的场面。割藤、蒸煮，织布、做衣，以及想象着穿上之后的喜悦心情。诗人如此细致地描写制作衣服的工序显然不是为了简单地介绍制作葛衣的工艺，而是为了从侧面衬托女主人公急于干完手中的活儿好回娘家的急切心情。正是因为女主人公急切地想回到娘家，所以平常很自然的工序在她的主观感觉中好像十分漫长，做完一道，还有一道。

大概是由于很久没有回娘家与家人团聚了，女主人公太想回到父母身边，回到姐妹们中间，于是一完工她马上就跑去向自己的女师请假回家。得到女师的同意后，她又忙着洗涤衣裳，贴身的内衣、穿在外的衣服，分得清清楚楚，洗好、整理好了，这些具体而看似烦琐的动作描写，实际上都是为了诗歌的最后一句做铺垫，即“归宁父母”。原来我们的女主人公是想回娘家看望父母了，所以一定要打扮得得体些，穿得干净些。通过对作品的分析，我们可以推测女主人公这段时间主要是在学习女工中的制衣，看来这项工作很辛苦，所以她感到制作的过程是如此的漫长，好容易终于学完了这套工艺，此时最想做的事情就是赶紧回娘家去见见父母和姐妹们，去告诉他们自己终于学会了如此烦琐的工艺，去给家人分享一下成功的喜悦。一个鲜活动人、淳朴可爱具有勤、俭、敬、孝品德的思念娘家人，盼望与家人团聚的新嫁妇的形象跃然纸上。

诗歌采用了兴、赋的艺术手法。从描写景物，到叙写劳动场景，到最后的抒情，层层铺开，表情自然。既有对当时女性辛勤劳作的肯定与赞美，又有对初嫁少妇盼望回家看望父母的人间真情的讴歌。诗歌语言朴实，情感真切！诗歌从山中的葛藤以及飞翔其间的黄鹂写起，再写到制作葛衣的工序，最后写到如何浣洗衣物。层层递进，从自然到人事，显示出诗人极强的叙事技巧。我们读前面的诗句时不禁会想，作者为什么要用如此烦琐的笔墨来描写葛藤和制作葛衣的工序呢？到最后一章我们才顿然明白，哦，原来这是在写一个急切想回娘家的少妇的心情。诗人吊足了读者的胃口，所有的迷雾都在最后一章揭开。

卷耳

采采卷耳①，不盈顷筐。嗟我怀人②，置彼周行③。

陟彼崔嵬④，我马虺隤⑤。我姑酌彼金罍⑥，维以不永怀。

陟彼高冈，我马玄黄⑦。我姑酌彼兕觥⑧，维以不永伤。

陟彼砠矣⑨，我马瘏矣⑩。我仆痡矣⑪，云何吁矣。

注释

①**采采**：采了又采，即采摘动作不断。**卷耳**：一种草本植物，今名苍耳。嫩苗可以吃，也可入药。②**嗟**：语气助词。**怀**：怀念。**人**：征人，出征的丈夫。③**置**：搁、放置。**周行**：大道。④**陟**（zhì）：登上。**崔嵬**：叠韵词，高而险的山。⑤**我**：诗人想象中的丈夫自称。清牟氏《质疑》：“六我字，皆代征夫设想。”**虺隤**（huī tuí）：疲病脚软的样子。⑥**姑**：姑且。**酌**：用勺舀酒。**金罍**（léi）：铜制酒杯。

古代称青铜为金。**罍**：古代的一种盛酒容器。⑦**冈**：山岗。**玄黄**：双声词，马因生病而目眩眼花。⑧**兕觥**（sì gōng）：犀牛角制的酒杯。⑨**砠**（jū）：有土的石山。⑩**瘏**（tú）：因劳致病。朱氏《集传》："瘏，马病不能进也。"⑪**仆**：同路仆人。**痡**（pū）：生病不能走路。

译文

采了又采卷耳菜，采来采去不满筐。怀念我的丈夫啊，竹筐搁在大路旁。

我骑马儿登高山，马儿疲惫力用完。唯有暂饮杯中酒，让我不再长思念。

我骑马儿登高岗，马儿疲惫眼发黄。唯有暂饮杯中酒，让我不再长忧伤。

我骑马儿登石岭，马儿疲惫体已伤。仆从生病难相随，多么让人忧愁啊！

赏析

自从人类有了战争，就有了戍边的军人，同时也就有了在家朝思暮盼自己远征丈夫的怨妇，中国古代产生了大量描写这一题材的诗歌，而它们的始祖则可以追溯到《诗经》中的这首《卷耳》。本诗描写了妻子对远征的丈夫的深切怀念和远征的丈夫对在家的妻子深深的眷恋。丈夫为了保卫国家，常年在外承担起男子汉应有的义务，这是男子建功立业的一面；而妻子，却在家中承担起应当的责任，操持家务、照顾老人和孩子；双方都是在尽着自己的职责。但是，无论是英雄男儿还是居家贤妇，他们都有人性、人情的一面，几番相思，诉说衷肠！这首诗歌正是思妇对常年征战在外丈夫的思念之曲。此诗的妙处，恰在明明是怀人，却很少写思念对方，而是大写对方如何思念自己，不言己之怀人，而愈见怀人情笃。诗歌的第一章是思妇对自己劳作的描写，不断地采摘卷耳菜，却不能满筐。那么浅的竹筐却装不满，这是为什么呢？原来是因为自己有心事，所以无心采摘。“嗟我怀人，置彼周行。”我是多么思念我的丈夫啊，以至于无心劳作了，索性把竹筐放在了大路旁。诗歌的开头虽没有直接写自己如何思念丈夫，但却通过一连串的动作，委婉地表达了自己的情思，含蓄而意味深远。

接下来的二、三、四章，诗人通过目接千里的视域来想象丈夫劳苦的情状。想象不仅能摆脱时空的限制，还有寄托和激发情感的作用。想象越是丰富，感情越是深切，想象对方越执着，感情越细腻；尽管想象中的景物纯属虚构，但所表达的感情却是那么真挚。诗中并没有直接写思念之情，而思念之情反如桃花潭水，越思越长。这样的诗篇，婉转曲折，感人尤深。

樛木

南有樛木①，葛藟累之②。乐只君子，福履绥之③。

南有樛木，葛藟荒之④。乐只君子，福履将之⑤。

南有樛木，葛藟萦之。乐只君子，福履成⑥之。

注释

①南：指南土，南郡、南阳之间。樛（jiū）：树枝下曲。樛木：高大的乔木。②葛藟（lěi）：葛蔓。累：缠绕。③履：脚步。福履：福随脚步而来。绥：安宁。④荒：草掩地为荒，此处指

覆盖。⑤将：协助的意思。《毛传》："将，大也。"⑥成：成就，有无不具有之意。从"绥"到"将"再到"成"，表示福祉日进，福气越来越大。

译文

南方有棵弯弯树，攀满野生的葛藤。新郎新郎真欢乐，幸福安康多快活。

南方有棵弯弯树，覆满野生的葛藤。新郎新郎真欢乐，幸福日子何其多。

南方有棵弯弯树，缠满野生的葛藤。新郎新郎真欢乐，福禄来临永不离。

赏析

历史上对这首诗的争议很大，争议的焦点就在对君子的理解上，一种观点认为诗中祝福的"君子"是一位礼贤下士的贵族，而另一种观点则认为诗中的"君子"是一位新郎官。笔者持后一种观点，因为熟读《诗经》我们就会发现"国风"中，常以花草、藤蔓、雌鸟、牝兽比喻女子，而以高木、日月、雄狐之类喻男子。其中尤以树木比喻男性、花草喻女性更为常见。这些从《邶风·简兮》《郑风·山有扶苏》《唐风·葛生》中都可以看出。

我们断定这是一首祝贺新郎的诗，显而易见，诗作运用了"兴"的手法。但是，在具体的创作中"比"和"兴"并不是截然分开的，相反它们往往是你中有我，我中有你的。本诗以"南有樛木，葛藟累之"起兴，兴中带比。同现代人的观点一样，先民们也认为男子应该是有阳刚之美的，所以作者选择以"樛木"起兴，但如果这个男子全都是阳刚之气可能也不太可爱，他还必须懂得怜香惜玉，这样才会讨女孩子的欢心。“樛木”是长着弯弯曲曲的树枝的一种树，正因为它有弯弯曲曲的枝丫，那些葡萄藤才会缠上它，就像小伙子要在阳刚中透露出几分温柔，女孩子才会亲近一样。用弯弯曲曲的葡萄藤来“兴”和“比”女子也是很恰当的，因为女性的温柔体贴正和弯弯曲曲的葡萄藤一样。这里的“兴”，或称之为“比兴”手法用得非常妥帖。诗人祝福新郎官，娶上了如此温柔贤淑的新娘子便会永交好运，幸福常伴。后两章每章只改动两个字，大体意思与首章相近，这里运用的是“国风”常见的“叠章”形式。以反复咏唱，逐层推进，在回环往复中形成深深的祝福。

婚礼是人生四大礼之一，古代先民非常重视婚礼。这首《樛木》便是南方地区用在婚礼上的祝福的歌，在婚礼上宾客们一遍遍齐声合唱这首祝福新婚的歌，使整个婚礼充满吉祥和喜庆的气氛。《樛木》以兴奋和浓烈的激情，记录了我们民族淳朴、古老的婚礼中的祝福习俗。

桃夭

桃之夭夭[①]，灼灼其华[②]。之子于归[③]，宜其室家[④]。

桃之夭夭，有蕡其实[⑤]。之子于归，宜其家室。

桃之夭夭，其叶蓁蓁[⑥]。之子于归，宜其家人。

注释

①夭夭：茂盛的样子。②灼灼：鲜明的样子。华：古“花”字。③之子：这个人，指新婚女子。于归：女子出嫁。④宜：适当、相宜。室家：男子有妻称有室，女子有夫称有家，此处指家庭。⑤蕡（fén）：形容果实肥大。实：果实。这里以结果比喻生子。⑥蓁蓁（zhēn）：草木茂盛的样子，此处比喻家族兴旺而福荫后代。

译文

桃树繁茂，桃花灿烂。女子出嫁，和美一家。

桃树繁茂，果实丰硕。女子出嫁，幸福一家。

桃树繁茂，枝叶浓密。女子出嫁，快乐一家。

赏析

与《樛木》一样，这也是一首周南地区用于新婚祝贺的诗歌，不同的是《樛木》是对新郎官的祝贺，而此诗却是对新娘子的祝贺。因为祝贺的对象不同，所用来“比兴”的事物也不相同，《桃夭》用可以开出艳丽的花朵和能结出硕大的果实的桃树来起兴。和《樛木》一样，《桃夭》也是“兴”中带“比”。艳丽鲜明的桃花可以让我们想起新娘子美丽漂亮的笑靥，后人常常用桃花来比喻美丽女子的笑容，其源头大概也可以追溯到这里。而又甜又大的蜜桃则暗含了对新娘婚后生一群可爱宝宝的美好祝愿。在古代，生儿育女被看成女性最重要的工作，因此祝愿其多生贵子也就成为对新婚女子最美好的祝愿。茂盛的桃树叶则暗含着祝福新娘子带给夫家好运，使夫家的日子过得蒸蒸日上，像繁盛的桃叶一样充满生机。可以看出，周南一带的诗歌在比兴手法的使用上显得非常纯熟。

我们说《桃夭》与《樛木》非常相似，不仅是因为它们都是用于祝福婚礼的，还因为它们在结构上也几乎完全一致，都采用了“叠章”的形式。以反复咏唱，逐层推进，在回环往复中层层加深抒情效果，也使这祝福显得非常诚挚。因此，我们完全可以把《桃夭》看成是《樛木》的夫妻篇。

兔罝

肃肃兔罝①，椓之丁丁②。赳赳武夫，公侯干城③。

肃肃兔罝，施于中逵④。赳赳武夫，公侯好仇⑤。

肃肃兔罝，施于中林⑥。赳赳武夫，公侯腹心⑦。

注释

①**肃肃**（suō suō）：整齐紧密的样子。**罝**（jū）：捕兽的网。②**椓**（zhuó）：打击。**丁丁**（zhēng）：击打声。布网捕兽，必先在地上打桩。③**公侯**：周封列国爵位（公、侯、伯、子、男）之尊者，泛指贵族。**干**：盾。**干城**：比喻武士像城堡一样坚固。④**逵**（kuí）四通八达之道曰“逵”。**中逵**：即四通八达的路叉口。⑤**仇**（qiú）：通“逑”，这里

指助手。⑥**林**：牧外谓之野，野外谓之林。**中林**：林中。⑦**腹心**：比喻最可信赖而不可缺少之人。

译文

兔网结得紧又密，布网打桩声声脆。武士气概雄赳赳，是那公侯好护卫。

兔网结得紧又密，布网布在岔路口。武士气概雄赳赳，是那公侯好帮手。

兔网结得紧又密，布网布在林深处。武士气概雄赳赳，是那公侯好心腹。

赏析

据现代著名学者、诗人闻一多先生考证，诗中的“兔”并不是真的就是兔子，而是指老虎。“周南”源于江汉之间，本就有呼虎为“於菟”的习惯。那么，这场狩猎所要猎获的对象，就该是啸声震谷的华南虎了！打几只野兔是小孩子都可以完成的事情，实在算不了什么，是不值得歌颂一番的。这里描写的不是一场“野兔围剿战”，而是一堂武士训练课了。古人常常把打仗比喻成打猎，我们从“逐鹿中原”这个成语的出处就可以考察出。每个季节统治者都会组织武士用“围猎”的形式来进行军事训练，按孔子的解释：“以不教民战，是谓弃之。兵者凶事，不可空设，因蒐狩（打猎）而习之。”就是说：不教士兵习武是不行的，因为国无防不立，可是轻易动兵器又不吉祥，只好用打猎的方式来练习攻伐。不过这次要围猎的对象是凶猛的老虎，敢于围猎老虎的勇士当然是值得歌颂一番的了。

诗歌没有描写武士们如何捕猎老虎的惊险壮观场面，而是重点写了武士们的网布得多么好，又密又紧，一看就是一支训练有素的威武之师，围猎就是战争的预演，围猎能做得如此出色，让他们来保卫城邦自然就值得信赖了。看到自己的武士如此勇猛，贵族心里自然十分自豪。有这样一群武士，自己的城邦就不用担心了，他们忠诚可靠、值得信赖，甚至可以在别的贵族面前炫耀一番。因此，贵族们不禁对这群武士发出了由衷的赞叹："赳赳武夫！"

诗写得气度豪迈。在三章相叠的反复咏唱中，由这种自豪而发出"干城""好仇"以至"腹心"的赞叹，于层层推进中，平添了一种神采飞扬的夸耀意味。这对那些贵族来说，有这么一些孔武有力的武士为他们卖命，当然是值得自矜的。但对于"春秋无义战"的那个时代来说，甘将一身武艺，货于公侯之家，并以充当他们的爪牙为荣，就未必是一件幸事了。

芣苢

采采①芣苢②，薄言③采之。采采芣苢，薄言有④之。

采采芣苢，薄言掇⑤之。采采芣苢，薄言捋⑥之。

采采芣苢，薄言袺⑦之。采采芣苢，薄言襭⑧之。

注释

①采采：采而又采。又说为茂盛的样子。②芣苢（fǔ yǐ）：植物名，即车前草，种子和全草入药。古人以为其籽可以治疗妇女不孕不育和难产等病。③薄言：发语词，无义。民歌中常见的相当于号子一样的发语词，比如"唉……"④有：取也。⑤掇（duō）：拾取。

⑥捋（luō）：从植物的茎上成把的抹下来，现代汉语中也用。⑦袺（jié）：用衣襟兜东西。⑧襭（xié）：翻转衣襟插于腰带以兜东西。

译文

采了又采车前子，采呀快点来采它。快快来采车前子，收呀快点收起它。

采了又采车前子，一根一根捡起来。快快来采车前子，一把一把捋下来。

采了又采车前子，提起衣襟好装它。快快来采车前子，系起衣襟兜满它。

赏析

对于这首诗的主题也是历来就争议不断，一种观点认为这是描写一群妇女劳动的场景，而另一种观点则是认为这是一群少妇祈求子嗣的场面。要解开这个争议，关键是看芣苢是一种什么样的植物。尽管对这首诗的主题争议很大，但是对芣苢的解释却没有什么争议，都认为就是车前草。这种草是一味中药，可以利尿，古人以为其籽可以治疗妇女不孕不育和难产等病。既然只是一种药物而不是蔬菜，一群妇女一同去采摘就有可能是一种仪式。闻一多先生认为，芣苢结红色的籽粒，而且结得很多，在那个时代是生育的象征，在生产力水平比较低下的年代里，生育对于一个女人在一个家庭里的地位有着非常重要的意义，所以这首诗也可以理解为描述了一个民间的习俗，一个祈求子嗣的仪式。在一个春光明媚的日子里，在平缓的山坡上，漫山遍野生长着鲜艳的车前草果实，年轻的女子们皓腕轻舒，俯身摘下一串串这样美丽的果子，期望着能生下一群胖小子。一些农村现在还有在“娘娘庙”祈子的习俗，和古代人们采摘车前草应该是差不多的。一群年轻的少妇，在一片原野上一面采摘车前草的果实，一面欢声歌唱，祈祷上苍能让她们顺利生育。

这首诗也是采用了叠章的手法，每一章只有两个词发生变化，但是就这两个词的变化却推动了叙事的前进。开始是欢快地采摘，后来越采越多，多到拿不下了，只好提起衣襟来装，再到后来，提起衣襟也装不下了，只好把衣襟系到束腰的带子上。看来用好这一个字也是大有学问的。

清人方玉润《诗经原始》卷一云：“读者试平心静气，涵泳此诗，恍听田家妇女，三三五五，于平原绣野、风和日丽中，群歌互答，余音袅袅，若远若近，若断若续，不知其情之何以移而神之何以旷，则此诗可不必细绎而自得其妙焉。”读诗的最高境界恐怕就是这样了，在这简短的诗里，不仅有音韵、节奏的自然转合，更有用几个动词白描出的田园女子细致勤朴、欢快的动感画面。

汉广

南有乔木，不可休思①。汉有游女②，不可求思。

汉之广矣，不可泳思。江之永矣③，不可方思④。

翘翘错薪⑤，言刈其楚⑥。之子于归，言秣其马⑦。

汉之广矣，不可泳思。江之永矣，不可方思。

翘翘错薪，言刈其蒌⑧。之子于归，言秣其驹⑨。

汉之广矣，不可泳思。江之永矣，不可方思。

注释

①**休**：息也。指高木无荫，不能休息。**思**：语气助词。②**汉**：汉水，即汉江。**游女**：游玩的女子。③**江**：江水，即长江。**永**：水流长也。④**方**：桴，筏。此处用作动词，意谓坐木筏渡江。⑤**翘翘**（qiào）：本指鸟尾上的长羽，比喻杂草丛生；或以为指高出貌。**错薪**：丛杂的柴草。古代嫁娶必以燎炬为烛，故《诗经》嫁娶多以折薪、刈楚为兴。⑥**刈**：割。**楚**：灌木名，即牡荆。⑦**秣**（mò）：喂马。⑧**蒌**（lóu）：蒌蒿，也叫白蒿，生长在水边，嫩时可食，老则为薪。⑨**驹**：应作骄，意思是高大的马。《说文》："马高六尺为骄。"

译文

南有乔木树干高，树下行人休憩少。汉江有个漫游女，想要追求是徒劳。

滔滔汉江宽又广，不能泅渡空惆怅。滚滚汉江多漫长，不能摆渡真忧伤。

杂树丛生长得高，砍柴就当砍荆条。那个女子如出嫁，快将骏马喂个饱。

滔滔汉江宽又广，不能泅渡空惆怅。滚滚汉江多漫长，不能摆渡真忧伤。

杂草丛生乱纵横，割下蒌蒿作柴薪。那个女子如出嫁，拉车牵马我也行。

滔滔汉江宽又广，不能泅渡空惆怅。滚滚汉江多漫长，不能摆渡真忧伤。

赏析

这是一首江汉一带一位男子爱慕一个出游的女子，而又得不到的单恋情歌。全诗以兴起首，由高大但却少荫的乔木难以供人栖息，引发了主人公“出游之女不可求”的惆怅。是什么原因导致主人公追求不到渴慕的女子呢，诗中并没有交代，诗人给后世的读者留下了一个千古之谜，或许是因为双方社会地位相差悬殊，或者是因为对方已经心有所属了。诗人只是让男主人公一遍遍地用宽广的汉江不能渡过的慨叹来暗示没有任何可能追求到对方。通过写他要去割柴草荆条来为女主人公喂马，可以推测出男主人公大概是一位汉江边勤劳善良的樵夫，一个偶然的机会让他接触到了那位让他朝思暮想的“游女”，现实已经告诉他想追求那姑娘是不可能的，但是人总是这样的，越是得不到的东西就越想得到。既然不能在现实世界里与自己心仪的对象相爱，那就在想象的世界里爱她一次吧，可是即便这样也不行，就是让自己在对方出嫁的时候为对方做一次仆人，这辈子也算没有白活了。这真是一种“柏拉图式的爱情”啊！

诗歌运用了叠咏的修辞，一遍遍地感慨：“滔滔汉江宽又广，不能泅渡空惆怅。滚滚汉江多漫长，不能摆渡真忧伤。”樵夫的悲伤无处诉说，只好在打柴的时候对着山林，对着大江倾诉。这感伤的歌声在山林里回响，在江滨上飘荡，似乎充满了整个宇宙……

陈启源《毛诗稽古编》把《汉广》的诗境概括为“可见而不可求”。这也就是西方浪漫主义所谓的“企慕情境”，即所渴望所追求的对象在远方、在对岸，可以眼望心至却不可以手触身接，是永远可以向往但却永远也不能得到的境界。《诗经》中的《秦风·蒹葭》也是刻画“企慕情境”的佳作，与《汉广》比较，前者显得空灵，而《汉广》则为具体写实。《蒹葭》全篇没有具体的事件、场景，连主人公是男是女都难以确指，诗人着意渲染一种追求向往而渺茫难及的意绪。《汉广》则要具体写实得多，有具体的人物形象：樵夫与游女；有细微的情感历程：希望、失望到幻想、幻灭；就连“之子于归”的主观幻境和“汉广江永”的自然景物描写都那么具体。

汝坟

遵彼汝坟①，伐其条枚②。未见君子，惄如调饥③。

遵彼汝坟，伐其条肄④。既见君子，不我遐弃⑤。

鲂鱼赪尾⑥，王室如燬⑦。虽则如燬，父母孔迩⑧。

注释

①遵：循，沿。汝：汝河，源出河南省。坟（fén）：岸堤。②条：树枝。枚：树干。③惄（nì）：饥饿的样子。调（zhōu）：又作“輖”，“朝”（鲁诗此处作“朝”字），早晨。调饥：早上挨饿，隐喻男女欢情未得到满足。④肄（yì）：树砍后再生的小枝。⑤遐（xiá）：远，引申为疏远。⑥鲂（fāng）鱼：鳊鱼，又叫赤尾鱼。赪（chēng）：浅红色。⑦燬（huǐ）：火，齐人谓火为燬。如火焚一样，比喻王政暴虐。⑧孔：甚。迩（ěr）：近。

译文

沿着汝河大堤行，伐倒树干砍枝条。还没见到我夫君，忧如忍饥在清早。

沿着汝河大堤走，砍伐新生嫩树枝。终于见到我夫君，请莫再离我远去。

鳊鱼尾巴色赤红，王室暴政毒如火。可恨暴政毒如火，家中父母谁养活！

◇赏析◇

这是一首思妇诗，描写了一位妇女在汝水旁砍柴的时候，思念她远役的丈夫。丈夫长年在外服徭役，妻子在家独守空房，心中自是寂寞。来到河边砍柴，一边是干活儿，一边是一个人出来独到江边，看能否见到丈夫回来。结果让人失望，她并没有见到自己的丈夫。或许她明明知道丈夫此时不会回来（因为还没有服满徭役），可是她还是希望会出现奇迹。但是，遗憾的是奇迹并未出现，丈夫是没有见到，可是对丈夫的思念却变得更加强烈。和《诗经》中很多作品一样，在现实的世界里，见不到自己心爱的丈夫，便放飞思绪，在一个想象的时空中丈夫回到了家里。一旦见到自己朝思暮想的丈夫，哪里再舍得离开。可是怎样才能劝说丈夫留在家里呢，说自己舍不得丈夫走好像又有一点说不出口（因为害羞），唉，干脆拿公公婆婆来说事好了。你看父母年事已高，他们也很需要你照顾啊。

作品用高度凝练的语言细腻地描写了打柴妇女的心理活动，从侧面表达了人民对王室暴政的不满。

召南

《诗经》国风中的内容。召南绝大部分诗是来自江汉之间的一些小国；有少量诗篇来自原来召公奭（shì）分治的地区——今河南洛阳一带。

采蘩

于以①采蘩②？于沼于沚。于以用之③？公侯之事④。

于以采蘩？于涧之中。于以用之？公侯之宫⑤。

被之僮僮⑥，夙夜在公⑦。被之祁祁，薄言还归⑧。

注释

①**于以**：在什么地方。②**蘩**（fán）：白蒿，生陂泽中，叶似嫩艾，茎或赤或白，根茎可食，也可以用来养蚕。③**于以用之**：用来干什么。④**事**：指蚕事。⑤**宫**：蚕室。⑥**被**：髲（bì），是当时妇女佩戴的一种首饰，亦用于编发（假发）。**僮僮**（tóng）：陈奂《传疏》“古僮、童通”，形容蚕妇众多。⑦**公**：指公事，即君主的桑田。⑧**薄言还归**：（祭祀完毕）回家去。

译文

去哪采白蒿？去那洲与池。哪儿用白蒿？公侯的蚕事。

去哪采白蒿？去到山涧旁。哪儿用白蒿？公侯的蚕室。

蚕妇众多，早晚在桑田。发饰已舒散，这才归家。

赏析

这是一首养蚕女仆们的劳动之歌，写出了女仆们劳动的艰辛，也写出了女仆们对为他人作嫁衣裳的苦闷。女仆们采的“蘩”是用来养蚕的，所以我们称之为养蚕女。古代贵族们都养蚕，用蚕丝来制作精美的服装，在当时只有贵族才能穿得起蚕丝制作的衣服。养蚕是一件十分烦琐的事，要制作洁净的蚕具，要采嫩的桑叶，所以蚕妇们的工作是非常辛苦的。

本诗开篇描写了一群忙于“采蘩”的女仆人。她们往来于池沼、山涧之间，采够了养蚕所需的白蒿，就行色匆匆地送往公侯的蚕宫。诗歌采用了设问的修辞，据考证，这是中国诗歌史上最早用设问修辞的记录。诗中的一问一答，都非常简练，短促。问：“哪里采的白蒿？”答：“水洲中、池塘边。”问：“采来做什么？”“公侯家养蚕用。”答问之简洁，显出采蘩女劳作的繁忙，似乎只在往来的路途中，对询问者匆匆作答，不做停留。答过前一问，女宫人的身影早已过去；再追上后一问，那“公侯之事”的应答已传到远处。首章透露出繁忙的氛围。再加上第二章的叠章，更显出女仆们忙碌无暇，读者可以想象出女仆们穿梭不息的身影，读出那从池沼、山涧赶来，又急促赶往“公侯之宫”的匆匆步履！

第三章重点描写了养蚕女仆们的仪容，表面是在写她们的装饰，实际上意在告诉读者养蚕女仆之众、场面之隆重，言在此而意在彼。可见这不是几个人的悲歌，而是一大群人的悲歌。她们美好的青春都在这繁忙中度过了。能早点完工回家休息已经成为她们最奢侈的愿望，这里也写出了女仆们心中暗暗的不平。

草虫

喓喓草虫[①]，趯趯阜螽[②]。未见君子，忧心忡忡。

亦既见止，亦既觏[③]止，我心则降[④]。

陟[⑤]彼南山，言采其蕨[⑥]。未见君子，忧心惙惙[⑦]。

亦既见止，亦既觏止，我心则说[⑧]。

陟彼南山，言采其薇[⑨]。未见君子，我心伤悲。

亦既见止，亦既觏止，我心则夷[⑩]。

注释

①**喓**（yāo）：虫鸣声。**草虫**：指能鸣叫之虫，如蝈蝈、纺织娘、蟋蟀等。②**趯趯**（tì）：虫跳的样子。**阜螽**（zhōng）：蚂蚱。③**觏**（gòu）：通“媾”，遇见。④**降**（xiáng）：放下。⑤**陟**：升；登。⑥**蕨**：蕨芽，一种蕨类植物，初生无叶，可食。⑦**惙**（chuò）：欲哭又止时心慌气短的样子。⑧**说**（yuè）：通“悦”，喜悦、欢喜的意思。⑨**薇**：草本植物，又名巢菜或野豌豆。⑩**夷**：平，心安则感情平静。

译文

听那草虫喓喓叫，看那蚱蜢蹦蹦跳。心上人儿没见到，忧思不断真焦躁。

假如我已见上他，假如我已遇上他，心中忧愁就没啦。

登上高高南山头，采摘鲜嫩蕨菜叶。没有见到心上人，忧思不断丢了魂。

如果我已见上他，如果我已碰上他，我的心中多喜悦。

登上高高南山顶，采摘鲜嫩巢菜苗。没有见到心上人，我很悲伤真烦恼。

如果我已见着他，如果我已邂逅他，我的心就平静啦。

◇赏析◇

这是一首思妇诗，主人公是一个采野菜的女子，她思念着远方服役的丈夫，急切盼望见到自己久别的丈夫，在没有见到的情况下驰情入幻，想象与自己心上人见面的场景。随着声声催人的虫鸣，更添一层凄凉孤独的阴影。

第一章写了在草虫鸣叫的秋天，女主人公听到草虫鸣叫声，心里越发感到烦躁难耐。秋天到了，一年光景又过得差不多了，可是自己的丈夫还没有回来，也不知道他在远方现在怎么样，会不会他已经有了新欢。美好的青春就这样虚度了。唉，如果此刻让我见到他，我一定要好好和他亲热一下，只有这样才能消除自己心中的焦躁。

第二章写到转眼又到了来年的春天，丈夫依旧没有回家。女主人公爬到高高的南山上去采那鲜嫩的蕨芽菜，其实她不是真的为了来采蕨菜，而是在家里心里实在憋得慌，因为心里老是挂念着远役的丈夫。总希望这次能远远就看到他从远方归来，可是结果是又一次地失望。青春年华正该是小两口享受快乐的日子，可是她的丈夫却偏偏在外，她感到自己就像这鲜嫩的蕨菜却没有人采摘！女主人公又从现实世界中超脱出来，幻想起她和丈夫见面的场景。第三章可以看成是第二章的重章，目的是为了进一步强化抒情效果。

本诗在很多方面都与《卷耳》很相似，都是写妻子思念远役的丈夫的，采用的手法也基本一样，都是借想象寄托心中的愁思。越是把想象中相逢的场面写得喜庆欢悦，就越反衬出主人公内心的苦闷之深。

甘棠

蔽芾[1]甘棠[2]，勿翦[3]勿伐，召伯[4]所茇[5]。

蔽芾甘棠，勿翦勿败，召伯所憩。

蔽芾甘棠，勿翦勿拜[6]，召伯所说[7]。

注释

①蔽芾（fèi）：树木茂盛。②甘棠：棠梨，杜梨，落叶乔木，果实圆而小，味涩可食，实际就是一种野生的梨，其树小而带刺，这里的甘棠实际是指棠梨树。③翦：即剪。④召（shào）伯：姬奭，西周初名臣。⑤茇（bá）：草舍，此处用为动词，居住。⑥拜：通“扒”，拔掉。⑦说（shuì）：通“税”，停马解车休息。

译文

茂盛的棠梨树啊，不要砍它不要伐它，因为召伯在这里居住过。

茂盛的棠梨树啊，不要砍它不要毁它，因为召伯在这里休息过。

茂盛的棠梨树啊，不要砍它不要挖它，因为召伯在这里停留过。

赏析

这是一首百姓纪念召伯的诗。全诗采用了叠章的手法，一再告诫人们不要毁坏一棵棠梨树，其意则是在不断强化人们对召伯的崇高敬意。诗歌没有记录召伯对黎民百姓如何好，也没有写召伯的丰功伟绩，而只是告诫人们不要去砍伐一棵召伯曾歇息于其下的棠梨树。由此看来召伯对时人的影响之大。召伯应当是一个家喻户晓、人人爱戴的英雄。本诗寓意含蓄，不去直接描写人们如何爱戴召伯、敬仰召伯，而只是让大家不要砍伐一棵召伯曾在下面休息过的树，通过这样一种含蓄的表达，更见召伯受爱戴的程度之深。这种以虚写实的手法，在诗歌中往往产生比直接写实更好的效果。

行露

厌浥①行露，岂不夙夜？谓行多露②。
谁谓雀无角③？何以穿我屋？
谁谓女无家？何以速我狱？
虽速我狱，室家不足④！
谁谓鼠无牙？何以穿我墉⑤？
谁谓女无家？何以速我讼？
虽速我讼，亦不女从！

注释

①厌浥（yì）：沾湿。②谓行多露：谓，通“畏”（与后句“谓”意不同），怕路上太多露水。行，道路。③角：喙，鸟嘴。④室家不足：结婚的理由不足。男子有妻曰室，女子有夫曰家。⑤墉（yōng）：墙。

译文

道上露水湿漉漉，难道不想早点逃？只怕露浓难行路。

谁说麻雀没有嘴？怎么啄穿我屋子？谁说你尚未娶妻？

为何害我蹲监狱？即使让我蹲监狱，你也休想把我娶！

谁说老鼠没牙齿？怎么打通我家墙？谁说你尚未娶妻？

为何害我吃官司？即使让我吃官司，我也坚决不嫁你！

赏析

这是一首女子拒婚的诗。至于该女子缘何而拒婚，又如何被栽赃诬陷，由于历史太久已无从考证。古人对此也曾争论不休，在此笔者亦不敢立一家新说，只是就作品吐露的信息进行分析鉴赏。从诗中可以看出被训斥的男子已经有了家室却还要强娶本诗的主人公，女主人公不从，他便设法陷害，以致对簿公堂。

首章首句“厌浥行露”奠定了本诗悲愤阴冷的感情基调，使全诗笼罩在一种阴郁压抑的氛围中，暗示主人公所处的环境极其险恶，顾虑颇多，抗争的过程也将会非常曲折漫长。后面两句“岂不夙夜，谓行多露”。文笔稍曲，诗意转深，婉转表达出了主人公的坚定意志，同时也透露出她对自身处境的担忧。第二章接连以两个“谁谓”的反诘开头，“谁说麻雀没有嘴？怎么啄穿我屋子？谁说你尚未娶妻？为何害我蹲监狱？”气势凶猛，表现出这位女性的从容不迫和临危不惧。第一句是起兴，兴中带比，用麻雀啄破屋子来暗指那个男子破坏了她的正常生活。第二句接着说：你明明已经有了家室，为何还要来对我纠缠不休，我不同意，居然还要送我见官府。这句是叙事。章末该女子强硬表态，无论你使用什么伎俩也休想得逞。第三章是第二章的重章，其意在进一步表明自己坚决不妥协。通过诗中坚强而锋利的语言，我们认识到了抒情主人公虽然处在弱势地位，但绝不懦弱，不但不懦弱，简直就是一位自尊自强坚贞不屈的烈女。

这首诗是《诗经》中为数不多的主要以诘问来展开内容的诗歌，反复的诘问表明了主人公满腹的怨愤，这种怨愤已经冲破了儒家所推崇的“中和”思想。但这首诗的艺术性却并不为此而打折扣，因为女主人公的怨愤是情动于衷的，是命运悲剧的最强奏鸣。后来的屈原在创作中继承了这一风格，写出了不朽的《天问》，和这首《行露》一样也冲破了儒家温柔敦厚的诗教思想，创造出一种与儒家风格迥异的艺术风格。

江有汜

江有汜①，之子归②，不我以③。不我以，其后也悔。

江有渚，之子归，不我与④。不我与，其后也处。

江有沱⑤，之子归，不我过。不我过，其啸⑥也歌。

注释

①汜（sì）：由主流分出而最终又与主流汇合的水流。②归：嫁。③以：将某人带走的意思。④不我与：不与我同居。与：一同。⑤沱（tuó）：长江的支流。⑥啸：长啸。啸歌：闻一多《诗经通义》：“啸歌者，即号哭。谓哭而有言，其言又有节调也。”

译文

长江自有分流水。这个人儿嫁过去，不肯带我一同去。不肯带我一同去，将来后悔来不及！

长江自有洲边水，这个人儿嫁过去，不再相聚便离去。不再相聚便离去，将来忧伤不能已！

长江自有分叉水，这个人儿嫁过去，不见一面就离去。不见一面就离去，将来号哭有何益！

赏析

在这首诗的前面有段小序：“《江有汜》，美媵也，勤而无怨，嫡能悔过也。文王之时，江沱之间有嫡不以媵备数，媵遇劳而无怨，嫡亦自悔也。”这段话的大意是《江有汜》是赞美媵的，媵妻勤劳而不抱怨，嫡妻事后能悔过。文王的时候，江沱一带嫡妻不重视媵妻，媵妻劳累而没有怨言，嫡妻后来感到自己做事太过分了，亦有悔意。这里就涉及一个媵婚制的问题，只有我们了解了这种媵婚制，才能更好地理解这首诗。媵婚制的具体形式就是出嫁者的妹妹、侄女同时随嫁到男方，或者可以理解为陪嫁。《春秋公羊传·庄公十八年》：“媵者何？诸侯娶一国，则二国往媵之，以侄娣从。”这是古代史书对媵婚的记载，具体来说，就是诸侯娶一国之女为妻（嫡妻），女方以“侄”或“娣”随同出嫁，同时还要有两个和女方同姓侯国的女儿陪嫁，也各以侄或娣相从，这就是所谓的“诸侯一聘九女”。这些随嫁的女子统称为“媵”，相对于嫡妻而言，她们就是庶妻。媵婚制主要发生在贵族之间，它不仅是一种单纯意义上的婚姻制度，还有着重要的政治和文化意义，通过这种婚姻关系的缔结，既可以加强诸侯贵族之间的政治联盟，又可以繁衍种族、增加人口数量，在当时以农业为主业的宗法制社会中，没有比这两者更重要的了。在贵族家庭，做“媵”的女子一般在八岁时就“备数”了，就拥有了正式明确的身份。

弄明白了媵婚制，这首诗就好理解了。诗中的主人公是一个“媵”，而另一个潜在的人就是嫡妻。她从小就明确身份了，要做某位贵族的“媵”，可能她为这个已经做了很多准备，可是不知是什么原因。等到那位做“嫡妻”的人出嫁时突然不带她了，这对她肯定是一个不小的打击。女主人公不满正是针对此事而发的。这样的事在当时是不合礼制的，也是不吉祥的。但是主人公还是显得很有教养，她并没有为此而破口大骂，而只是用规劝的口吻劝导“嫡妻”回心转意。

野有死麕

野有死麕①，白茅包之。有女怀春，吉士②诱之。

林有朴樕③，野有死鹿。白茅纯束④。有女如玉。

舒而脱脱兮⑤！无感我帨⑥兮！无使尨⑦也吠！

注释

①**麕**（jūn）：獐子，比鹿小的一种鹿科动物。②**吉士**：男子的美称。③**朴樕**（sù）：低矮的灌木。④**纯**（tún）**束**：捆扎。⑤**舒**：徐。**脱脱**：轻缓貌。⑥**感**（hàn）：通“撼”，动摇的意思。**帨**（shuì）：佩巾。⑦**尨**（máng）：多毛的猎狗。

译文

野外有一死獐子，白茅轻轻将它包。有一位少女春情萌动，青年猎人把她引诱。

树林中有小灌木，荒郊野外有死麇鹿。白色茅绳将它束，有个少女颜如玉。

感情徐徐谈来，不要弄散我佩巾，不要惊动小猎犬。

赏析

这是一首描写男女爱情的诗。第一章写的是一位英俊年轻的猎人，在一个春光明媚的午后，他在郊外遇见了一位美丽的少女，一下子让他心动不已，他们之间发生了恋情，但是如何发生的呢，诗中语焉不详，我们只好根据诗中已有的信息来推测。女方可能正青春时光，诗中写道“有女怀春”，男方呢，只用了一个词“诱”，如何引诱呢，只好靠读者来猜了。大概是这样的：年轻英俊的猎人看中了姑娘，但总得想个办法好搭上话吧，于是他想到了一个好办法，把刚射杀来的一只獐子用白茅草裹起来，放在路旁，等待姑娘发现。果然姑娘过来发现一只刚被猎获不久的獐子，好像伤口的血还没有凝固。于是她便弯下腰来用手去摸，看来真是一只漂亮的獐子。正在这个时候，小伙子从树林里走了出来，叫道：“不许动我的猎物，这是我拿来送给我心上的姑娘的。”姑娘一听不由得有点害羞，毕竟自己未经人家同意就动了别人的猎物。猎人见姑娘面色娇红，便又说道：“原来是这么美丽的一位姑娘啊，如果你喜欢的话就送给你吧，这猎物本来就是打算送给美女的。”姑娘见到这是一位英俊而彪悍的猎人，正是自己渴慕的对象。于是，两人一见钟情，美丽的故事开始了。第二章写的是自从第一次邂逅之后，小伙子心里便有了按捺不住的激情。一定要抓紧时间把和姑娘的关系推向更深一层。于是他到山上砍下了用来求婚的朴樕树，捆成一束，再带上一只刚猎获的鹿，用白茅草裹好。这样就来到了姑娘家，见到了他朝思暮想的姑娘。第三章是以女主人公的口吻来写的，作为一个怀春少女，极难抵挡异性的诱惑，但她对这种挑逗，又带着本能的羞怯。第三章所流露出的正是这种若推若就、亦喜亦惧的心情。“舒而脱脱兮”包含着一种善意的、甜美的希望，“无感我帨兮”，羞态可掬，但这是举袂掩面、偷眼相顾的羞涩；“无使尨也吠”，这惊惧之声，不是怕狗，而是怕被别人发现，约会被打断。通过这三句话，少女丰富的内心世界、娇羞的情态，都得到了生动的表现。显然，故事到这里还没有达到高潮，但诗在这里却已经结束了，给读者留下了巨大的想象空间。

青年男女间的感情本是极纯洁、极质朴的，所以本诗也采用了质朴明了的语言，作者留下了大量的艺术空白，让读者用自己的想象去填充。真是一首好诗，一首写得很摇曳的情诗！

邶风

邶（bèi）是古国名。周武王灭殷以后，将纣的京都朝歌（今河南汤阴县东南）附近地区封给纣的儿子武庚，并将其地分而为三：北为邶（今河南汤阴县东南），南为鄘（yōng）（今河南汲县东北），东为卫（今河南淇县附近）。邶风是邶地的诗。

柏舟

泛彼柏舟，亦泛其流①。耿耿不寐，如有隐忧②。微我无酒，以敖以游③。

我心匪鉴，不可以茹④。亦有兄弟，不可以据⑤。薄言往愬⑥，逢彼之怒。

我心匪石，不可转也。我心匪席，不可卷也。威仪棣棣，不可选也⑦。

忧心悄悄，愠于群小⑧。觏闵既多⑨，受侮不少。静言思之，寤辟有摽⑩。

日居月诸，胡迭而微⑪？心之忧矣，如匪浣衣。静言思之，不能奋飞。

注释

①**泛**：浮行，漂流，随水冲走。**亦**：语助词。这两句是说柏舟泛泛而流，不知所止。作者用来比喻自己的身世。**流**：水流。②**耿耿**：心中

不安。**如**：犹“而”。**隐**：幽深。**隐忧**：是深藏隐曲之忧。③**微**：非，不是。**以**：于此。**敖**：通“遨”。④**匪**：非。**鉴**：铜镜。**茹**（rú）：容纳。以上两句是说我心不能像镜子对于人影似的，不分好歹，一概容纳。⑤**据**：依靠。⑥**愬**（sù）：告诉。⑦**选**：同“巽”，屈挠退让的样子。⑧**悄悄**：忧貌。**愠**（yùn）：恼怒，怨恨。**群小**：众小人。⑨**覯**（gòu）：同“遘”，遭逢。闵（mǐn）：痛，指患难。⑩**静言**：犹“静然”，就是仔细地。**寤**：睡醒。辟（pì）：通“擗”，捶胸。**摽**（biào）：捶，打。⑪**居**、**诸**：语助词。**迭**：更迭。**微**：指隐微无光。

译文

我乘坐那一片柏木小舟，任其轻漂水面随水而流。夜深人静我难以入眠，无限忧伤在心中；并非我无酒来解愁，我只想放舟随波游。

我心不是那青铜镜，什么事情都能容忍。我也有同胞兄弟，但却难以对其述真情。本是我去诉说苦衷求安慰，不料话不投机惹怒他。

我心不是那路旁石，由人随意随便搬。我的心也非床中席，任谁都可以来卷翻。虽受磨难仪容端，绝非落魄任排揎。

心里忧伤隐隐疼，只恨小人无品行。此生坎坷多磨难，受尽人间屈辱。无言心中万千苦，静言捶胸心更痛。

我问日升月落，为何交迭而我没有感觉到灿烂光辉？心中悲苦排不尽，就像一堆脏衣裳，静然默想心悲伤，再无可能奋起飞翔。

赏析

古人对这首诗的争议颇大，主要有两种观点：一种说法是描写一个妇人不得志于夫；一种说法是描写一个君子失意于君主。《毛诗序》中说：“柏舟，言仁而不遇也。卫顷公之时，仁人不遇，小人在侧。”这可以看成是后一种观点的注解。朱熹在《诗集传》中也云：“妇人不得于其夫，故以柏舟自比。言以柏为舟，坚致牢实，而不以乘载，无所依薄，但泛然于水中而已。故其隐忧之深如此，非为无酒可以遨游而解之也。”今人更趋向于认同朱熹的说法，认为诗作的主人公是一位失宠于丈夫的女子。但是笔者更倾向于《毛诗序》的观点。因为从行文上看，绝对不是一个女子的口吻，分明是一个社会地位很高的贵族。因为饮酒、遨游、威仪、奋飞这些词语根本不像是用来描写一个弃妇的。倒像是写痛恨主上昏庸，抱有不可解脱的深忧。

第一章描写了抒情主人公痛苦愁闷的表现，一个人泛舟于江湖之上意欲好好安静一下。但是心中的苦闷还是无法排遣，躺在床上也是不停地翻转，难以入眠。不是我没有酒来解愁啊，只因为酒不解真愁，真想一个人去遨游四海，不管这些烦心的事了。第二章主人公开始了倾诉：“我的心又不像那铜镜，什么东西（的影子）都能装进去，虽然我也有亲兄弟，可是他们根本就听不进去我的话。本来我还想去他们那里诉诉苦，没想到他们不但不理解和同情我，还对我大动肝火。”第三章主人公接着倾诉，并表明自己绝对不会轻易屈服：“我的心也不是石头，别人想怎么扔就怎么扔。我也不是床上的席子，可以随便卷曲。虽然我现在很不得志，但是作为一个贵族，我的尊严和威仪还是要的，不能任你们欺凌。”第四章主人公开始交代原因，是什么使“我”如此烦忧呢，我们来听听主人公是怎么说的："心里仍然隐隐作痛，都是因为那些喜欢诽谤人的小人。他们让我遭受了很多波折和磨难，受到了人格上的侮辱。细细想来，我是越想心里越痛。"言至此，主人公已经完全沉浸在痛苦和愁闷之中。于是转而责问苍天："日月啊，你们为什么日夜更迭，但我却感觉不到你的光辉（暗示心里太黑暗了，看不到希望），我心中的苦闷就像一堆无处可洗的脏衣服堵在那里，如此多的伤悲已经击垮了我，所有曾经的雄心壮志都被打碎，就像那折翅的鸟儿，再也不能奋飞天际了。"这样，心中的苦痛已经走出个体经验而上升到整个宇宙空间。

读着《柏舟》我们很容易想起一位大诗人，那就是屈原。《柏舟》的作者和屈原的身份很相似，都是爵位很高的贵族。遭遇到的痛苦也是一样的，就是国王身边有小人，使得自己正确的主张得不到执行，包括自己的亲人也不能理解自己。一腔报国之心却无人重用，一肚子的冤屈也无人诉说。这种痛苦是强烈而持久的，人间无处倾诉，化成一腔怒气转而去诘问苍天。《柏舟》距屈原的《离骚》和《天问》大约有500年的历史，与浪漫主义的《离骚》《天问》相比，《柏舟》则主要是现实主义的，诗中赋的比重很大，主要都是直接的描述。见《柏舟》则如同读《离骚》。

绿衣

绿兮衣兮，绿衣黄里①。心之忧矣，曷维其已。

绿兮衣兮，绿衣黄裳②。心之忧矣，曷维其亡！

绿兮丝兮，女所治③兮。我思古人④，俾⑤无訧⑥兮。

絺⑦兮绤⑧兮，凄其以风。我思古人，实获我心。

注释

①里：衣服的衬里。②裳：下衣。其形状类似于今天的裙子。③治：置办纺织。④古人："古"通"故"，即故人，在诗中指作者的亡妻。⑤俾（bǐ）：使。⑥訧（yóu）：同"尤"，过失，错误。⑦絺（chī）：细葛布。⑧绤（xì）：粗葛布。

译文

绿衣服啊绿衣服，绿色面子黄衬里。心忧伤啊心忧伤，何时才能不来想！

绿衣服啊绿衣服，绿色为衣黄为裳。心忧伤啊心忧伤，何时才能将其忘！

绿丝线啊绿丝线，你亲手制来给我穿。思念故去的贤妻啊，使我少把错误犯。

细葛布啊粗葛布，穿在身上心里寒。思念故去的贤妻啊，永远在我心里面。

赏析

这是一首悼念亡妻的悼亡诗，也是中国诗歌史上第一首悼亡诗。诗人睹物思人，看到亡妻生前为自己做的衣服，便想起了故去的贤妻。第一章写的是诗人拿起一件绿色的衣服，翻来覆去地看，因为那是亡妻亲手为自己制作的。如今衣服还在，而她人却不在了，这叫人如何能不悲伤呢。第二章是第一章的重章，意在强化心中的苦痛和对亡妻深切的思念。第三章是写诗人细看绿衣，其中一针一线费去了妻子多少的时间，又凝聚着妻子多深的爱意。妻子贤良端庄，经常好言劝慰自己做事不要冲动，让自己少犯了多少错误啊！

第四章写到天气已经转凉，有了几分寒意，可是诗人还穿着夏天的葛衣。如果妻子还健在，肯定早已经为自己准备好了秋天的衣服；而今，妻子已经离世了，自己还没学会照顾自己，身边的人也没有谁能像亡故的妻子一样关爱自己。所以到了实在冷得不行的时候，才自己找来厚衣服。衣服穿在身上，却暖在心里。

《绿衣》写得很生活化，描写的是一些生活的细节。但最真实的感情往往正表现在生活中的琐事上，作者睹物思人，看到亡妻生前为自己缝制的衣服，引起了对亡妻深切的悼念，想起了亡妻生前的点点滴滴。不仅让人想起苏东坡的《江城子 · 十年生死两茫茫》中的句子："昨夜幽梦忽还乡，小轩窗，正梳妆，相顾无言，惟有泪千行。料得年年断肠处，明月夜，短松岗。"真是千古悼亡之作啊!

燕燕

燕燕①于飞，差池②其羽。之子于归，远送于野。瞻望弗及，泣涕如雨。

燕燕于飞，颉③之颃④之。之子于归，远于将之。瞻望弗及，伫立以泣。

燕燕于飞，下上其音。之子于归，远送于南。瞻望弗及，实劳我心。

仲氏任⑤只，其心塞渊。终温且惠，淑慎其身。先君之思，以勖⑥寡人。

注释

①燕燕：即燕子燕子。②差（cī）池：不齐。③颉（jié）：向上飞。④颃（háng）：向下飞。⑤任：信任。⑥勖（xù）：勉励。

译文

燕子燕子展翅飞，你的羽毛不整齐。我的妹妹要出嫁，
送她送到城郊外。身影远去已不见，只有我泪眼如雨滴。
燕子燕子展翅飞，一会儿高来一会儿低。我的妹妹要出嫁，
将要送她去远方。身影远去已不见，我站在那里直哭泣。
燕子燕子展翅飞，上上下下叫声哀。我的妹妹要出嫁，
要远嫁她到南陲。身影远去已不见，我的心里多伤悲。
我家二妹最可信，仁义厚道又真诚。性情温柔又和顺，
贤淑心细重名声。先父教诲铭记身，常拿来劝勉寡人。

赏析

这是中国诗歌史上最早的一首送别诗，也是《诗经》中非常动人的一篇，故王士禛在《分甘余话》里推举《燕燕》为“万古送别之祖”。据众多学者考证，本诗的作者应当是卫国的一位国君，写他为远嫁的二妹送行。

第一章以展翅飞翔的燕子为兴，燕子无论如何飞，但到秋冬之际都会飞往南方。而诗人要来送行的二妹，正是要嫁到南方去的。送到郊外，望着妹妹渐渐消逝的身影，诗人禁不住泪如雨下（古代交通不发达，远嫁之女很难回娘家）。第二、第三章是重章，其意在加强抒情效果，表达诗人舍不得妹妹的远嫁。最后一章介绍了诗人为何舍不得妹妹远嫁，原来她是一位温柔贤淑、知书达理的好女

子，是一位能够经常帮诗人处理政务，提醒诗人谨记先王遗愿的好妹妹。可是又不能因为舍不得妹妹就不让她嫁人。在春秋时期，诸侯国之间的婚嫁往往是政治上的联姻，会影响到一国的命运。所以尽管舍不得，但是还得让她远嫁。这种矛盾的心情，加深了诗人的苦恼程度。

终风

终风且暴[①]，顾我则笑。谑浪[②]笑敖，中心[③]是悼[④]。
终风且霾，惠然肯来[⑤]？莫往莫来，悠悠我思，
终风且曀[⑥]，不[⑦]日有曀，寤言不寐，愿言则嚏[⑧]。
曀曀其阴，虺[⑨]虺其雷。寤言不寐，愿言则怀。

注释

①**终**：既。**暴**：迅疾。②**谑浪**：调戏放荡。③**中心**：倒文，即心中。④**悼**：伤心惧怕。⑤**惠**：顺。⑥**曀**（yì）：阴云密布且有大风。⑦**不**：没有，不到。⑧**嚏**：打喷嚏。民间至今仍有“打喷嚏，是有人想”的说法。⑨**虺**（huì）：打雷的声音。

译文

既刮风又下暴雨，看到我他就嬉嬉笑。出言放荡又傲慢，我心中苦痛实难堪。

既刮风又尘土扬，原来他还肯来往。到了最后他不往来，我愁思连绵心悲伤。

既刮风又天色黑，不到一天就脸阴沉。自言自语难入眠，愿他打个喷嚏知我想。

阴云密布天色沉，隐隐约约有雷声。自言自语我难入眠，希望他能念旧情。

赏析

这是一首弃妇诗，描写了一位女子被一名男子玩弄嘲笑后将其抛弃，也可以说这是一首讲始乱终弃的诗。

第一章以天气比兴，天上是狂风暴雨，就像那个男子的脾性一样风风火火，不可捉摸。他见了女子就殷勤地笑，（骗该女子得手后）就说一些不庄重的挑逗话。女子便担心自己会被抛弃，因此心里感到担心和害怕。第二章仍以暴戾的天气来比兴，紧承“悼”来写女子被弃后的心情。男子是个薄情郎，这让女子心里很难过。尽管是难过，但是她还是希望他能够再来找她，毕竟她用心去爱过他。三、四章进一步表现了“思”的程度之深。女子整日不思茶饭，深夜自我嗟叹难以入眠。她在想自己这般想念那男子，不知道那男子会不会打喷嚏啊（民间认为被人思念就会打喷嚏），会不会想起和自己在一起的过去，会不会想起自己。

就全诗而言，是以女子的口吻写起，写女子被一男子玩弄调戏之后将其抛弃，女子因此而产生的悲惨凄凉的心境。她的感情是复杂的，那男子抛弃了自己，心里自然对其怨恨。可是，毕竟自己当时是动了真情，虽然始乱终弃，但好歹也是一段恋情，所以从内心深处她还是想念他的。尽管男子不是个好东西，但是女子还是希望男子能知道自己对他的思念，这真是爱恨交织啊！本诗的高明之处正在于写出了该女子复杂矛盾的心情。诗中以恶劣的自然天气比兴，既比喻出了男子暴戾的脾性，又描绘出了一个压抑、沉闷、恐怖的环境，暗示了女主人公险恶的处境和惊恐焦虑的心情。

击鼓

击鼓其镗[①]，踊跃用兵。土国城漕[②]，我独南行[③]。

从孙子仲[④]，平[⑤]陈与宋[⑥]。不我以归，忧心有忡。

爰居爰处[⑦]？爰丧其马？于以求之？于林之下。

死生契阔[⑧]，与子成说[⑨]。执子之手，与子偕老。

于嗟阔兮，不我活兮[⑩]！于嗟洵兮[⑪]，不我信兮！

注释

①镗（tāng）：击鼓声。②土：服役。**土国**：在国内服役。**城**：筑城。**城漕**：在漕邑筑城。③**南行**：指下章的“平陈与宋”。④**孙子仲**：即公孙文仲，字子仲，南征将军。⑤**平**：调和，调解。⑥**陈、宋**：诸侯国名，陈国和宋国，都在现在的河南省境内。⑦**爰**（yuán）：本发声词，意思是在何处。⑧**契阔**：偏义复词，这里偏指合。**契**：合。**阔**：离。⑨**成说**：订立盟约、誓约。⑩**活**：通“佸”，相会、聚会的意思。⑪**洵**（xuàn）：远。

译文

战鼓擂得噔噔响，鼓舞将士上疆场。别人国内筑城墙，只我出征到南方。

跟着将军孙子仲，南下调停陈与宋。有家却不让我回，使人愁苦忧心忡。

何处安营把帐扎？何处大意丢了马？叫我哪里去找它？原来它在树林下。

无论聚散与死活，我曾与你订誓约。此生拉着你的手，白头到老一起过。

只怪与你离别久，难得与你来见面。可惜阻隔太遥远，难以实现那誓言。

赏析

这是一首描写戍卒思归而不得的诗，清人乔亿言此诗乃“征戍诗之祖”。对于此诗的时代背景，研究者们各持己见。但我们在这里不做深究，因为这并不影响我们对诗的理解。“春秋无义战”，诸侯们为了争权夺利而发动战争，但战场上牺牲的却永远是百姓。所以老百姓从内心深处讲是厌恶战争的，战争使人民流离失所，家破人亡；战争使将士有家难归，妇女们独守空房。所以对不正义的战争人民总是缺乏积极性的，因为他们看到自己不过是诸侯们争权夺利的工具。

全诗都是用赋的手法。第一章开头描写了战场杀伐声声的景象，可是战争当前，士兵们的心理活动是什么样的呢？原来士兵们对战争并不热情，别的人要么在国内服役，要么只是修筑一些城堡，偏偏自己命背，被送到了前线卖命来了。第二章介绍了战争情况，原来将士们是跟随公孙文仲将军南下，调解宋、陈两国的矛盾。人家两国的矛盾却害得我有家难归，心里怎能不忧心忡忡。第三章描写了一个细节，就是在安营扎寨的时候，有人丢了马，还得派人去寻找。从这个细节我们可以看出原来很多士兵都不愿意来参加这样的战争，行军途中常有士兵逃跑，可见百姓厌战，所以军心涣散。第四章写了士兵们的思绪从眼下的战场飘向了远方的家里，家中都有妻儿老小。主人公想起了家中的娇妻，他们曾经海誓山盟，答应彼此倚靠，白头偕老的。第五章紧承前章，虽然与妻子有过山盟海誓，可是无情的战事使他们劳燕分飞，天各一方。战士们身在战场，心却在家里。

这首诗叙事和抒情自然而密切地结合在一起，由叙事引发情感，情由事起，又由情感推动叙事，事由情生。叙事抒情层层推进，妙笔天成。

凯风

凯风①自南，吹彼棘心②。棘心夭夭，母氏劬劳③。

凯风自南，吹彼棘薪④。母氏圣善，我无令人⑤。

爰有寒泉⑥，在浚⑦之下。有子七人，母氏劳苦。

睍睆⑧黄鸟⑨，载⑩好其音。有子七人，莫慰母心。

注释

①**凯风**：南风，夏天的风，南风长养万物，万物喜乐。②**棘心**：未长成的酸枣树。**棘**：即酸枣树。③**劬**（qú）：辛苦。**劬劳**：辛苦劳累。④**棘薪**：长到可以当柴烧的酸枣树。⑤**我无令人**：我们没有一个成才的。⑥**寒泉**：泉名，因泉水全年常冷而得名，在卫国浚邑。⑦**浚**：卫国地名。县名，在今河南省安阳市。⑧**睍睆**（xiàn huǎn）：清和婉转的鸟鸣声。⑨**黄鸟**：黄雀。⑩**载**：传载，载送。

译文

柔柔和风自南来，吹拂酸枣小嫩刺。树心又细又娇嫩，母亲为人太辛勤。

柔柔和风自南来，吹拂酸枣粗树枝。母亲明理又贤惠，我不成器难回报。

寒泉之水清又凉，源头就在浚土上。儿子虽然有七个，母亲仍是很繁忙。

黄雀鸟儿婉转鸣，声音清脆真动听。儿子虽然有七个，没有一个慰母心。

赏析

这是一首儿子赞颂母爱伟大而自责不能回报的诗。诗的前二章的都以凯风吹棘心、棘薪，比喻母亲抚养七个儿子的艰辛。凯风是夏天长养万物的风，用来比喻母亲无私的母爱。棘心，酸枣树初发芽时心是红色的，所以又叫“赤心”，比喻儿子尚稚嫩但却赤诚的心。棘薪，酸枣树长到可以当柴烧了，比喻儿子已长大了，虽然还未成人。后两句一方面说出了母亲抚养儿子的辛劳，另一方面又点出了众兄弟不成器，不能报答母亲的养育之恩，反躬自责。诗的后二章以寒泉、黄鸟比兴，寒泉在浚之下，尚且能滋养浚邑百姓，可是母亲有七个儿子，老了却得不到侍奉还得劳苦生活，黄鸟尚且能以其歌声悦人，而七个儿子却不能慰悦母心。可以看出作者陷入了深深的自责当中。

全诗语言质朴，是真情实感的自然流露。诗中没有大肆地渲染，幽深的寄托，有的只是朴素直白的描述，真情的自然流露。大概只有这样自然平直的语言是最适合于表露这种骨肉亲情的，因为这骨肉亲情本就是自然质朴的。后世诗人言骨肉亲情时多继承这一风格，如唐代孟郊的“慈母手中线，游子身上衣”。诗中所要表达的感情也如孟郊的“谁言寸草心，报得三春晖”一般。

式微

式[①]微[②]式微，胡不归？微[③]君之故，胡为乎中露[④]？

式微式微，胡不归？微君之躬[⑤]，胡为乎泥中？

注释

①**式**：语气助词。②**微**：昏暗，指天快要黑了。③**微**：非，不是。④**中露**：这里是倒文，就是指露水中。⑤**躬**：身体。

译文

天黑啦，天黑啦，为何还不让回家？若非因为那君主，为何还在露水中？

天黑啦，天黑啦，为何还不让回家？若非因为那君主，何以还在泥浆中？

赏析

这是一首人民苦于劳役，对君主表达不满的怨词。据考证，此诗产生的地点大约在今天河南与山东交界之地的东明、磁县一带，时间为公元前660年左右。当时，卫国多出昏君，政治黑暗，又兼北狄常南下骚扰，而南方又有齐晋争霸。因此当地是生灵涂炭，赋税繁重难耐，劳役无休无止。本诗便反映了当时人们艰辛的生活，表达了底层百姓对君主残暴统治的愤慨之情。古人把此诗曲解为黎侯被狄人驱逐而流亡于卫，臣子劝其归国。因此后人便以此诗表示思归。唐人王维在《渭川田家》中便有“即此羡闲逸，怅然吟式微”的诗句。他把《式微》的主题理解为归隐了，这显然不符合历史的事实。

这是生活于社会最底层的服役人之间互相传唱的民歌，因此具有典型的民歌特征，语言浅近易懂，感情表达直抒胸臆，毫不隐晦，可谓情真而意切。诗歌采用了民歌中通行的重章形式，两章之间仅易数字，意思基本相同。但一遍遍的呼号，加强了控诉的力度，充分表露了人们心中的不满。

简兮

简[①]兮简兮，方将万舞[②]。日之方中，在前上处。

硕人俣俣[③]，公庭万舞。有力如虎，执辔[④]如组[⑤]。

左手执龠[⑥]，右手秉翟[⑦]。赫如渥赭[⑧]，公言锡[⑨]爵[⑩]。

山有榛[⑪]，隰有苓[⑫]。云谁之思？西方[⑬]美人[⑭]。

彼美人兮，西方之人兮！

注释

①**简**：鼓声。②**万舞**：舞名，一种规模宏大的舞蹈，分文舞和武舞。文舞者握雉羽和乐器，模仿翟雉春情；武舞者执盾枪斧等兵器模仿战斗。③**俣俣**（yǔ）：魁梧健美。④**辔**（pèi）：驾驭牲口用的嚼子和缰绳，马缰。⑤**组**：丝织的宽带子。⑥**龠**（yuè）：古乐器。三孔笛。⑦**翟**（dí）：野鸡的尾羽。⑧**渥**（wò）：涂抹。⑨**锡**：赐。⑩**爵**：青铜制酒器。⑪**榛**（zhēn）：一种落叶灌木或小乔木，花黄褐色，果实叫榛子，果皮坚硬，果肉可食。⑫**苓**（líng）：茯苓，寄生在松树根上的菌类植物，状如甘薯，外皮黑褐色，内色白或粉红，入药有利尿镇静功效。⑬**西方**：指周国，在卫国的西边。⑭**美人**：指舞者。

译文

鼓声咚咚擂不停，万舞马上要举行。太阳恰好到头顶，他是前排第一人。

身材壮美又魁梧，到公庭来跳万舞。力大无比猛如虎，手持缰绳多英武。

左手拿着三孔笛，右手雉羽频频挥。面色红润如赭土，公爵赏他酒一杯。

高高山上榛树生，低湿凹地长茯苓。朝思暮想竟为谁？西方美人摄我魂。

可惜美人在西方，不知我在把他想。

赏析

这是一首贵族女子赞美爱慕善舞勇士的青春恋歌。诗的第一章交代了舞会的级别、召开时间、参与人物。这是一场盛大的舞会，鼓声隆隆，气氛热烈。时间是午时，重点描写的那位舞师的位子在前排的最显眼处。说明了其在队列中的重要地位，可能相当于今天的领舞的人。第二章重点描绘了舞师矫健的舞姿。他的肌肉结实、身材魁梧，动作勇猛有力，就像下山的猛虎，手执缰绳就像拿一条绸布。第三章也是进一步描写舞师的舞姿的。他左手拿着三孔笛，右手拿着华丽的野鸡尾羽，舞姿翩翩。舞蹈很激烈，他的脸都累成了红褐色。他跳得实在太好了，卫君亲自赐酒于他，这可是最高的荣誉啊！诗的第四章发生了巨大的跳跃，从前三章对舞会和舞者舞姿的描写转向了对作者内心活动的描写。显然，面对一位如此英俊威武的舞师，作者是动了心思了。高大健壮的舞师就像那高山上的榛子树，而诗人自己就像山谷凹地里生长的茯苓草。一个在山上，一个在河谷，注定了两个人不能在一起。可是越是得不到的就越是想得到，明明知道自己不可能与舞师相爱，但还是心有不甘。最后一章交代了二人不能相爱的原因，原来那个舞师是从西边的周王室来的，来卫国只是一个短期的演出，演出结束后他还要回去。舞者说走就走了，可是一颗被撩动的心却停不下来。

根据诗的内容分析，女子并未与舞师相恋，只是在舞会现场看到魁梧强健的舞师后产生了向往之情，而舞者未必知道有一个观众对自己产生了爱慕之心，用今天的话说，这就叫“暗恋”。而且，看来舞者的名声是很大的，要不在舞会未开始的时候，诗人就不会把注意力都集中到了他身上。诗人看来是一个“追星族”，一见到自己心中的“舞林高手”，便立即为之倾倒，舞师的一招一式都是那样使她神魂颠倒，情迷神乱。

静女

静女①其姝，俟我于城隅。爱②而不见，搔首踟蹰。

静女其娈，贻我彤管③。彤管有炜④，说怿⑤女美。

自牧⑥归荑⑦，洵⑧美且异。匪女⑨之为美，美人之贻。

注释

①**静女**：文雅的女子。②**爱**：通“薆（ài）”隐藏，遮掩。③**彤（tóng）管**：红色的管箫。④**炜（wěi）**：鲜明有光的样子。⑤**说怿（yuè yì）**：喜爱。**说**：通“悦”。⑥**牧**：野外放牧的地方。⑦**归荑（kuì tí）**：赠送荑草。**归**：通“馈”，赠送。**荑**：初生的茅草。⑧**洵（xún）**：的确，确实。⑨**匪女**：不是你（荑草）。**匪**：通“非”。

译文

文静姑娘真美丽，约我等在城角里。隐藏起来看不到，搔头徘徊心着急。

文静姑娘真好看，送我红色好箫管。红色箫管光彩亮，正如姑娘好容颜。

你在郊野赠柔荑，的确美好又珍奇。不是荑草长得美，因是美人送我的。

赏析

这是一首东周时期产生于邶地（今河南汤阴）的描写男女恋情的民歌。诗的内容是描写一对青年男女幽会的情景。第一章写小伙子去与姑娘幽会，提前约定好了是在城墙角那里，可是小伙子到了却没有见到姑娘，心里万分着急。约会前的等待是最漫长的了，小伙子早已经迫不及待了，可好容易到了约会地点，却没见到自己的心上人，他心里能不着急吗？急得他抓耳挠腮、焦躁不安。这里“搔首踟蹰”的细节描写可谓绝妙，把小伙子当时的心理活动和焦急的神情表现得活灵活现。第二章里美丽的姑娘终于现身了，可能是姑娘还有一些矜持吧，或者是有点儿害羞，抑或是为了考验一下小伙子的诚意，她躲在某个隐蔽的地方。看到小伙子着急的样子，她的心便软了下来，于是就出来见他了。姑娘给他带来了一枚红色的箫管，这箫管的颜色真鲜艳，就像姑娘的脸庞一样让人百看不厌。第三章接着写了那姑娘还赠送了一个白茅草做的饰品（这种饰品，功能类似于后来的香囊），工艺精巧，肯定是姑娘费了很多心思才做出来的。这茅草做的饰品倒算不上什么贵重礼品，可是因为是姑娘给的，所以在小伙子看来它确实非常珍贵。诗中没有对姑娘的正面描写，但读者已经感到姑娘的娴静和专情了。从她为小伙子准备的礼品就足见其用心。

这首诗把民间青年男女幽会的那种纯情、活泼的情景描绘得极富情趣。姑娘的矜持娴静，小伙子的急躁憨厚全都跃然纸上。

二子乘舟

二子乘舟，泛泛[①]其景[②]。愿[③]言思子，中心养养[④]！

二子乘舟，泛泛其逝[⑤]。愿言思子，不瑕[⑥]有害？

◇注释◇

①**泛泛**：漂浮的样子。②**景**：通“憬”，远行。③**愿**：虽然。④**养养**：忧思而心神不定的样子。⑤**逝**：往。⑥**不瑕**：该不会。

◇译文◇

你俩乘船出了门，船儿漂漂将远行。虽然思子，只能忧思而心神不定。

你俩乘船出了门，渐行渐远没了影。虽然思子，此行恐有灾害。

◇赏析◇

这是一首送行的诗。写出了送行人心里的恋恋不舍和对远行者的担心。对此诗古人的解释多穿凿附会，有的说是母亲送儿子的，有的说是父亲送儿子的，这些都不足信。我们抛弃种种附会的猜测，恢复其民歌的真实面目就会发现，这其实就是一首普通的送别歌。既可以是母亲送孩子，也可以是父亲送孩子，甚至可能不是送孩子而是送朋友。当时卫国政治腐败，民不聊生，百姓纷纷逃往国外，这首诗大概就是产生于这样的背景之下。逃到国外的亲人，不知何时才能见面，也不知路上是否安全，所以送行人总会有很多的担忧。

第一章是近景描写，写二人登舟拜别，准备远行。送别的人叮咛嘱咐，割舍不下。第二章则为远景描写，船儿已经远逝，可是送别的人还伫立江边。一边担心，一边求老天爷保他们平安，足见送行者不舍之情。李白在《送孟浩然之广陵》中“孤帆远影碧空尽，唯见长江天际流”一句颇得此句神韵。

诗的前后两章，采用了叠章易字的写法，在相似句式中改换了个别词语。句式未变，情感则因了诗章的回环复沓，而蕴蓄得更加浓烈、深沉。

鄘风

鄘是古国名。周武王灭殷以后，将纣的京都朝歌（今河南淇县东北）附近地区封给纣的儿子武庚，并将其地分而为三：北为邶（今河南汤阴县东南），南为鄘（今河南汲县东北），东为卫（今河南淇县附近）。鄘风是鄘地的诗。

柏舟

泛彼柏舟，在彼中河。髧①彼两髦②，实维我仪③；
之死矢④靡它。母也天只！不谅人只！
泛彼柏舟，在彼河侧。髧彼两髦，实维我特⑤；
之死矢靡慝⑥。母也天只！不谅人只！

注释

①**髧**（dàn）：头发下垂的样子。②**两髦**（máo）：古时未成年男子的发式，即前额头发长齐眉毛，额后头发两边分别扎成辫子，称两髦。③**仪**：通“偶”，配偶。④**矢**：发誓。⑤**特**：配偶。⑥**慝**（tè）：通“忒”，更改。

译文

漂来一只柏木船，漂呀漂在河中间。留分头的那少年，实在深得我喜欢。

发誓不会把心变。我的娘呀我的爷，为何不体谅我！

漂来一只柏木船，漂呀漂在大河边。留分头的那少年，实在是我好侣伴。

发誓不会将情换。我的娘呀我的爷，为何不体谅我！

赏析

这是一位少女要求婚姻自由，向家庭表示强烈抗议的诗。表现出女主人公用情的专一和性格的刚烈。和《邶风·柏舟》一样，此诗也以“泛彼柏舟”起兴。“泛彼柏舟，在彼中河”和后文的“泛彼柏舟，在彼河侧”在诗中都只是起到起兴的作用。那位“髧彼两髦”的少年正是姑娘的心上人，姑娘已经立誓非他不嫁了，可是姑娘的家人却极力反对。于是姑娘噘着嘴巴发狠话了：“嫁人是我自己的事，你们为什么不相信我的判断。反正我这辈子非他不嫁，不管你们如何反对也枉然。”

诗的前后两章句式相同，只有个别字词稍有改变，意思基本是一样的。这是《诗经》中常见的叠章易字手法。在行文上看似简单重复，可在感情上则是进一步的抗议，表现出姑娘坚定的意志和反抗到底的精神。与《邶风·柏舟》委婉的抒情方式相比，本诗可谓是直抒胸臆。《邶风·柏舟》中的欲言又止，心中有万般苦闷无处倾诉只好独自嗟叹，而本诗则是旗帜鲜明地表明自己的立场。只有这种直接的呼号，才最能真切地表达出姑娘此刻内心的感受。

我们通常总是把追求婚姻自由看成是对封建婚姻制度的一种颠覆，从本诗来看，我们多少有点冤枉了封建婚姻制度。因为早在春秋时期，封建社会尚未建立的时候就有刚烈的女子在追求婚姻的自由了。看来这与社会制度本身关系并不大，倒是父母和子女对择偶的态度的差异性是导致这类事情的根源。父母相中的孩子不喜欢，孩子喜欢的父母看不上，这似乎是一个永恒的恋爱定律。所以今天俗语中还有“女大不中留，留来留去留成仇”的说法。在子女与父母的斗争中，子女的力量显然是不占优势的，所以每每会上演子女违抗父命（或母命）而殉情的，西方的《罗密欧与朱丽叶》、中国的《梁祝》都一遍遍演绎着这样的爱情悲剧。这也是文学中一个永恒的主题。

墙有茨

墙[1]有茨，不可埽也。中冓[2]之言，不可道也。所可道也，言之丑也。

墙有茨，不可襄也。中冓之言，不可详也。所可详也，言之长也。

墙有茨，不可束[3]也。中冓之言，不可读[4]也。所可读也，言之辱也！

注释

①茨：蒺藜。②冓（gòu）：宫中，宫闱。③束：打扫干净。④读：宣扬。

译文

墙上爬着蒺藜藤，无法把它扫干净。宫中那些淫乱事，

实在不能道分明。若是真要道分明，污秽难堪不可听。

墙上爬着蒺藜藤，无法把它除干净。宫中那些淫乱事，

无法把它讲得清。若要把它讲得清，夜里讲到大天明。

墙上爬着蒺藜藤，无法把它拔干净。宫中那些淫乱事，

不能反复说出口。若要把它讲出去，话未出口人先羞。

赏析

这是一首揭露、讽刺卫国宫中生活淫乱的“刺淫”诗。

历代帝王的宫廷生活，都是人们关注和议论的焦点。本诗便是一首讽刺宫中淫秽乱伦丑事的诗。在分析本诗之前有必要先介绍一下本诗所指陈之事：据记载，宣姜本来被聘为卫宣公世子伋的妻子，后被卫宣公中途横刀夺爱，据为己有。惠公即位时年幼，齐国人为了巩固惠公的王位，保持齐、卫之间重要的联姻关系，强迫宣姜与其庶长子昭伯通奸。尽管宣姜起初也不愿意，但是在政治力量的胁迫下还是不得不照办。虽然这是受外力胁迫促成的，但毕竟是乱伦，是最为人所不齿的丑事，何况这种丑事居然是发生在卫国的宫闱之中，卫国百姓对这种乱伦的秽行感到丢人可耻，因此自然对此深恶痛绝，所以作此诗以讽刺。

本诗三章重叠，头两句起兴中带比，以紧贴宫墙的蒺藜清扫不干净，暗示宫闱中淫乱的丑事是遮掩不住、抹杀不掉的。接着便大卖关子，一再重申宫中之事的“不可道”，至于为何不可道呢？诗人三缄其口，几次三番地欲言又止，却又微露口风，故弄玄虚以吊读者兴趣。丑、长、辱三字妙在藏头露尾，欲言还止，的确起到了欲盖弥彰的效果。其实，当时卫国宫闱丑闻是妇孺皆知的，用不着明说。诗人特意点到为止，以虚写实，于调侃中露讥讽，在幽默中见辛辣，这样比直接描述更有情趣，更显俏皮活泼。全诗采用俗言俚语，69个字中居然有12个“也”字，读来语气舒缓绵延，意味俏皮而不油滑，实现了形式与内容的统一。

君子偕老

君子[①]偕老，副[②]笄[③]六珈[④]。委委佗佗[⑤]，如山如河，

象服[⑥]是宜[⑦]。子之不淑，云如之何！

玼[⑧]兮玼兮，其之翟[⑨]也。鬒[⑩]发如云，不屑髢[⑪]也。

玉之瑱[⑫]也，象之揥也[⑬]，扬[⑭]且之皙也。

胡然而天也？胡然而帝也？

瑳兮瑳兮，其之展[⑮]也，蒙彼绉絺[⑯]，是绁袢[⑰]也。

子之清扬，扬且之颜也，展[⑱]如之人兮，邦之媛也！

注释

①**君子**：指卫宣公。②**副**：古代一种首饰。③**笄**（jī）：簪。④**珈**（jiā）：首饰名，悬挂在簪子下面的玉，走路时会摇动，所以汉时称为“步摇”。⑤**委委佗佗**（tuó）：形容走路姿态之美。⑥**象服**：即画袍，古代王后所穿礼服，绘有图形彩饰。⑦**宜**：合乎身份。⑧**玼**（cǐ）：颜色绚丽。下文“瑳（cuō）”意同。⑨**翟**（dí）：翟衣，绣有野鸡羽毛形状和色彩的衣服。⑩**鬒**（zhěn）：密而黑的头发。⑪**髢**（dí）：假发。⑫**瑱**（tiàn）：耳坠。⑬**揥**（tì）：象牙簪。⑭**扬**：形容颜色之美。⑮**展**：展衣，夏天见宾客穿的礼服。⑯**绉絺**（zhòu chī）：细夏布，今名绉纱。⑰**绁袢**（xiè pàn）：内衣。⑱**展**：诚然，确实。

译文

誓与君子到白首，各种首饰插满头。举止雍容又娴雅，凝重如山深似河，穿的礼服很得体。但是德行太秽恶，对她实在无话说！

服饰绚丽又漂亮，画羽礼服穿身上。乌黑亮发浓如云，哪里还须用假发。美玉耳坠摇又晃，象牙簪子头上插，额角白皙溢光华。虽然貌美如天仙，可是品德实在差。

服饰漂亮又绚丽，那是会宾的外衣。罩上绉纱细葛衫，轻纱内衣穿在里。眉目清秀神飞扬，额角宽广容颜靓。若把此人来评价，徒具倾国好模样！

赏析

与前面的《墙有茨》一样，这也是一首讽刺宣姜不道德的诗，只是这里的讽刺要委婉得多。首章的“君子偕老”，本义是指用情专一，可是宣姜却和卫国王室的几个男人都发生过关系。那个君子，原本是她的公公，后来又成了他的男人。这样一个淫乱的女人如何谈得上用情专一呢？接着描述了她的服饰和仪态，单从服饰和仪态上看，她确实还算得上娴雅得体。“子之不淑，云如之何！”是全诗中唯一直接表明作者态度的诗句，可以认为是本诗的“诗眼”，也是理解本诗的关键。可是宣姜既然知道仪容仪貌很重要，为什么就不重视自己内在的品德呢？其实，内在的品德才是最重要的。此时，打扮得越漂亮，越显得其虚伪。作者批判了宣姜的表里不一。次章接着用工笔的手法来仔细描写宣姜姣好的容貌和华贵的服饰，可是本来女性美丽是人人都会羡慕和赞美的，作者在此却寓贬于褒。她貌如天仙，却淫乱不堪，末章可以看成是次章的叠章，描写内容不同，但其用意都是借宣姜仪表服饰的美来反衬其道德的丑陋。

诗中宣姜外在的美与内在的丑形成了巨大的张力，外在的美非但遮盖不了道德上的丑，反而加强道德的丑恶。对于一个道德败坏的女人，她越是漂亮就越是让人感到厌恶，甚至恐惧。民间常常把这样的女人称作“狐狸精”，就像商纣时的妲己一样。

我们今天在批判宣姜乱伦的恶行的同时，也应该看到宣姜的可怜之处，她是男权社会中的一个牺牲品。她嫁到卫国，是出于齐、卫两国政治的需要，本身就是一枚被利用的棋子。嫁给伋后又被公公卫宣公霸占，她也是情非得已，其实这里最该谴责的是卫宣公而不是宣姜。卫宣公死后宣姜本来可以过平静的生活了，可是齐国为了保持和卫国的联姻，又指示她与她的庶长子顽（昭伯）通奸。宣姜也曾反抗过，可是在一个男权社会里，她的反抗太微不足道了，最终还是不得不与顽保持那种乱伦的关系。在这一系列事件中宣姜实际上是最大的受害者，人们应当同情她才对。可遗憾的是人们总是把那些沉重的历史责任推到不堪重负的柔弱的女性的肩膀上，还唾出“红颜祸水”四个字，这才是真正的悲哀，这是一个社会、一个民族的悲哀。

桑中

爰采唐[①]矣？沬[②]之乡矣。云谁之思[③]？美孟[④]姜矣。
期[⑤]我乎桑中[⑥]，要[⑦]我乎上宫[⑧]，送我乎淇之上矣。
爰采麦矣？沬之北矣。云谁之思？美孟弋[⑨]矣。
期我乎桑中，要我乎上宫，送我乎淇之上矣。
爰采葑[⑩]矣？沬之东矣。云谁之思？美孟庸矣。
期我乎桑中，要我乎上宫，送我乎淇之上矣。

注释

①**唐**：唐蒙，又名女萝，俗称菟丝。②**沫**（mèi）：古地名，春秋时期卫国的城邑即牧野，在今河南淇县南。③**谁之思**：倒装，宾语前置。思念的是谁。④**孟**：排行老大。⑤**期**：约会。⑥**桑中**：沫邑的一个小地方。⑦**要**：音“邀”，邀约。⑧**上宫**：宫室。⑨**弋**：姓。⑩**葑**：音“封”，蔓菁菜。

译文

采摘唐蒙在何方？就在卫国的沫乡。思念之人又是谁？
美丽女子叫孟姜。约我来到桑林中，邀我相会在宫中，
送我送到淇水上。
采摘麦穗在哪里？就在卫国沫邑北。思念之人又是谁？
美丽女子叫孟弋。约我来到桑林中，邀我相会在宫中，
送我送到淇水上。
采摘蔓菁哪边垄？就在卫国沫邑东。思念之人又是谁？
美丽姑娘叫孟庸。约我来到桑林中，邀我相会在宫中，
送我送到淇水上。

赏析

这无疑是一首情爱诗。全诗欢快活泼，表现了青年男女的炽烈爱情。

据人类学家考证，在上古洪荒时期人们普遍奉祀农神、生殖神，认为人间的男女交合可以促进万物的繁殖，带来农业上的丰收和社会百业的兴盛，因此在许多祀奉农神的祭典时，都伴随有群婚性的男女欢会，用现代的话叫“集体狂欢”。郑、卫之地是商代的国都，上古

遗俗保存较多，每逢仲春、夏祭、秋祭之时男女合欢，正是原始民族生殖崇拜之仪式的遗风，本诗所描写的正是古代这样的风俗。

诗三章，全以采摘植物起兴。这是上古时期吟咏爱情、婚嫁时常用的手法。在上古时期，采摘植物与性有着某种象征性的联系，后来人们把采摘各种植物简化为“采花”。遗憾的是，在现代“采花”带有了贬义。至于这二者之间如何发生关系，这就涉及原始交感巫术。植物的果实和花卉都与人性器官有着同构关系，现在西方还有人把花称为“植物的生殖器”。

诗用一问一答的形式，表达诗人的深情；末尾用复唱，道出“期我”“要我”“送我”等不能忘怀的往事。情深意浓，文字隽永，是一首天籁自然、耐人寻味的好诗。

相鼠

相[①]鼠有皮，人而无仪[②]。人而无仪，不死何为？

相鼠有齿，人而无止[③]。人而无止，不死何俟？

相鼠有体，人而无礼。人而无礼，胡不遄死[④]？

注释

①相：视也。②仪：威仪也。③止：节制，控制。④遄（chuán）：快。

译文

看那老鼠有张皮，却见有人没威仪。如果这人没威仪，为何还不死掉呢？

看那老鼠有牙齿，却见有人无节制。如果这人无节制，活着干吗还不死？

看那老鼠有肢体，却见有人不懂礼。如果这人不懂礼，不如赶快去断气？

赏析

这是一首讽刺卫国的统治者寡廉鲜耻、苟且偷安的诗。诗人以鼠起兴，讽刺卫国当政者连老鼠也不如。

《诗经》中写到“鼠”的有五首，除本诗外，其他四首都把鼠作为痛斥憎恶的对象，而本诗却有所不同，偏偏选中丑陋、狡黠、偷窃成性、人人厌恨的老鼠与卫国的统治者做对比，指责那些空长一副人样却寡廉鲜耻的统治者连老鼠都不如。诗人不仅痛斥，而且诅咒他们早早死去，免得丢人现眼、伤风败俗。卫国可以说在春秋之时是最黑暗、最腐朽、最堕落、最淫乱的一个诸侯国了。这从我们在《墙有茨》中介绍宣姜事迹的时候就已经可以明显看到了。除了王室的乱伦外还有很多龌龊事，如州吁弑兄桓公自立；宣公与宣姜合谋杀死太子伋；惠公与兄黔牟为争位而同室操戈等，真可谓罄竹难书。父子反目，父淫子妻，子奸父妾，兄弟争位，没有一件存有一丝人性，简直是一群衣冠禽兽。不，他们连禽兽都不如，禽兽尚且恋群，虎毒尚且不食子，而他们却是骨肉相残。政治的黑暗和混乱，必然会给底层的百姓带来巨大的灾难。因此卫国的百姓对此自然是恨得咬牙切齿，恨不能得而诛之，所以就创造出这样一首《相鼠》来讽刺、诅咒当时的在位者。孔子讲“《诗》可以观”，通过这篇《相鼠》中卫国的百姓对“当政者”的讽刺和诅咒，确实可以看到卫国统治者的残暴、腐朽、堕落。

全诗三章重叠，以鼠起兴，反复类比，但每章各有侧重，第一章斥其“无仪”，讲的是外表；第二章斥其“无止”，讲的是内心；第三章斥其“无礼”，讲的是行为。三章合起来表达一个完整的意思。本诗尽情怒斥，通篇感情强烈，语言尖刻，实在是骂得痛快，但骂过之后留下的又是无边的悲凉。

载驰

载驰载驱，归唁卫侯[①]。驱马悠悠，言至于漕。大夫[②]跋涉，我心则忧。

既不我嘉，不能旋反。视[③]尔不臧[④]，我思不远。既不我嘉，不能旋济。视尔不臧，我思不闷[⑤]。

陟[⑥]彼阿丘[⑦]，言采其蝱[⑧]。女子善怀[⑨]，亦各有行。许人尤[⑩]之，众穉且狂[⑪]。

我行其野，芃芃[⑫]其麦。控[⑬]于大邦，谁因[⑭]谁极[⑮]？大夫君子，无我有尤。百尔所思，不如我所之。

注释

①**归唁**：回去吊唁卫侯失国。②**大夫**：指追赶到卫国劝阻许穆夫人的许国大臣。③**视**：比较。④**臧**：善。⑤**閟**（bì）：闭塞。⑥**陟**：攀登。⑦**阿丘**：偏高的山丘。⑧**蝱**（méng）：贝母。是一味草药，据说可以治疗郁积之症。⑨**善怀**：多思虑。⑩**尤**：本义过，引申为反对。⑪**众穉且狂**：**穉**：同"稚"，训"骄"，该句指斥那些轻视女子的意见而自以为是的许国人都是骄横而狂妄的。⑫**芃芃**（péng）：茂盛的样子。⑬**控**：赴告。⑭**因**，依靠。⑮**极**：出兵相助。

译文

车马疾驰快奔走，归国吊唁我卫侯。驱马行车路悠悠，好不容易到漕邑。大夫跋涉来追赶，我心哀伤又悲愁。

没人赞成我归卫，要我返还万不能。都嫌我的想法乱，埋怨我思不慎重。众臣反对我回卫，设法阻止我难归。都嫌我的想法笨，埋怨我思行不通。

登上高高的山丘，采集贝母解忧愁。女子多愁又善感，我行自有我理由。许国大夫反对我幼稚狂妄理不足。

我在郊野行驶忙，麦子繁盛长得旺。求援还须求大国，否则谁能来帮忙。许国大夫和贵族，不要再把我责备。你们纵有千般计，也难挡我去一趟。

赏析

在卫国遭到狄人灭国后许穆夫人打算归国吊唁卫侯，慰问卫文公却遭到许国大夫反对。她悲愤万分，写下了这首表示自己坚决要归国吊唁的诗。许穆夫人是顽与宣姜所生之女，嫁给许穆公。狄人攻破卫国，卫懿公战死，国人分散。她的妹夫宋桓公迎接卫国的遗民渡河，住在漕邑，立戴公。不久戴公死，卫人又立文公。她得知卫国遭此浩劫，要回卫国吊问卫君，可是许国统治者不准她去，她走到半路上时，许国大夫赶来追她回去，她因此作《泉水》和本诗《载驰》来表明自己归国吊唁的决心。许穆夫人因此成为中国文学史上有记录的第一位女诗人。诗歌描写许穆夫人对祖国安危的关怀和对许国反对者的愤慨，充分表达了许穆夫人强烈的爱国精神。

第一章写到许穆夫人急急匆匆赶回卫国吊唁的焦急心情。因为心急，所以快马加鞭还是嫌车慢，嫌路途遥远。好容易到了漕邑，许国的大夫们又追上来要她回许国，这如何能让她心里不难受呢。第二章详细分析了许国大臣如何阻拦她回卫国吊唁，说她这样做不好，嫌她思虑不周全，眼光不长远，想法行不通。总之就是你得回许国。面对这些无理阻拦，许穆夫人义正词严、大义凛然。无论你们怎样反对，也休想让自己置卫国于不顾。第三章写许穆夫人驾车到山丘上，还在为许国大夫们的纠缠烦闷。那些须眉男子其实并没有什么见识，还是自己的政治见解更高一筹。靠逃避是解决不了问题的，不去积极策划，寻求大国的帮助怎么能解救卫国呢。第四章写到许穆夫人回到了卫国，见到了祖国大地上绿油油的麦苗，感觉分外亲切。可是狄人的入侵，百姓大量逃亡。这小麦成熟的时候又有谁来收割呢，亡国之痛涌上心头。不能眼看着卫国灭亡，要用自己最大的努力来让卫国复国。要去求国力强大的齐国来驱赶狄人，找一些小邦是解决不了问题的。此情此景更坚定了她自己的想法，许国的君臣大夫们都是一群目光短浅、胆小如鼠之人。

卫国是一个政治腐败、社会黑暗的诸侯国。历代君主荒淫无度，禽兽不如，百姓对其恨之入骨。可是在这样一个散发着腐臭味儿的卫宫怎么还生出了一个如此深明大义、高瞻远瞩的女子。这实在是让人钦叹！作为一个出嫁了的女子，在一群无能的男人们保不住国家的危难时刻挺身而起，拯救国家于危难之中，真该羞死卫国的男人们！后来的事实证明许穆夫人的确是一位女中豪杰，她提出联齐抗狄的主张得到了齐桓公的响应，在齐国的帮助下卫国在楚丘复国。

卫风

周武王灭殷以后，将纣的京都朝歌（今河南淇县东北）附近地区封给纣的儿子武庚，并将其地分而为三：北为邶（今河南汤阴县东南），南为鄘（今河南汲县东北），东为卫（今河南淇县附近）。卫风是卫地的诗歌。

淇奥

瞻彼淇奥①，绿竹猗猗②。有匪③君子，如切如磋，如琢如磨。

瑟兮僩④兮，赫兮咺⑤兮，有匪君子，终不可谖⑥兮！

瞻彼淇奥，绿竹青青⑦。有匪君子，充耳⑧琇莹，会弁⑨如星。

瑟兮僩兮，赫兮咺兮，有匪君子，终不可谖兮！

瞻彼淇奥，绿竹如箦⑩。有匪君子，如金如锡，如圭如璧⑪。

宽兮绰兮，猗重较兮⑫，善戏谑兮，不为虐兮！

注释

①奥（yù）：水边弯曲的地方。②猗猗（yī）：美而茂盛的样子。③匪：通“斐”，有文采。④僩（xiàn）：威武的样子。《毛传》：“僩，宽大也”。⑤咺（xuān）：有威仪貌。⑥谖（xuān）：忘记。⑦青青（jīng）：通“菁菁”，叶子茂盛的样子。⑧充耳：贵族冠的左右两旁以丝悬挂至耳的玉石。⑨会：帽子缝合处。弁（biàn）：皮帽。⑩箦（zé）：通“积”，聚积，形容众多。⑪璧：圆形玉器，正中有小圆

孔。⑫猗（yǐ）：通“倚”，依靠。重（chóng）较：车上装饰有曲钩供人挂、靠的横木。

译文

望那淇水湾，绿竹连成片。才华横溢真君子，学问最精湛。
神态很庄严，地位又显赫。才华横溢真君子，永远记心间。
望那淇水湾，翠竹连成片。才华横溢真君子，形貌很庄严。
胸怀广又宽，地位又显赫。才华横溢真君子，永远记心间。
望那淇水湾，绿竹连成片。才华横溢真君子，德行高如天。
宽宏又旷达，气定神又闲。谈吐真幽默，玩笑人不怨。

赏析

这是卫风的第一篇，是卫国人民赞颂一位有才华、有懿德、有身份的君子的诗。据古书记载，这个君子应当是卫武公。《史记》记载卫武公文治武功，颇有作为，是一代明主。

首章以河湾绿色的竹子起兴，兴中带比。竹子在中国古代文化中是优秀品德的象征，一则因为它“虚心有节”，二则因为它傲立风雪。孔子曾说过：“岁寒，然后知松柏之后凋也。”其实不只是松柏冬不落叶，竹子也一样，岁寒三友中可是也有竹子的。下面重点赞颂了他的学问，“如切如磋，如琢如磨”。可见他治学严谨，学问极深。“瑟兮僩兮，赫兮咺兮”表明了他显赫的地位和威严的仪态。“有匪君子，终不可谖兮”，这样德才兼备的好君子，是一定不能忘记的。第二章与首章形成叠章，但描写的重点有所不同。这一章主要描写了这位君子华贵的装饰，看似在写穿着，实际仍是在赞美他的品德，这叫以外写内，华贵的仪容是内在道德的外化。

第三章前两句可以看成是首章的叠章，重点在赞颂君子美好的品行的“行”字上。他的言谈举止都显得很有修养，行为得体。言谈风趣幽默，谑而不虐。

全诗从才华学问、装饰打扮、言行举止三个方面高度赞颂了人人仰慕的君子（卫武公），表现出卫国人民对贤明君主卫武公的崇敬和爱戴。诗中的“如切如磋，如琢如磨”“善戏谑兮，不为虐兮”成为日后人们称赞某人品学兼优的常用词，可见《淇奥》一诗对后世影响之深远。

考槃

考①槃②在涧，硕人③之宽。独寐寤言，永矢弗谖。

考槃在阿，硕人之薖④。独寐寤歌，永矢弗过。

考槃在陆，硕人之轴⑤。独寐寤宿，永矢弗告。

注释

①**考**：建成。②**槃**（pán）：架木为屋。③**硕人**：大人、美人、贤人。④**薖**（kē）：通“窠”，窝。⑤**轴**：本义是车轴，引申为盘旋。

译文

木屋建在深山涧，贤人心宽又体胖。出入一人不孤单，誓留此乐在心间。

木屋建在高山坡，贤人生活多安乐。独自睡来独自歌，神仙来邀也推脱。

木屋建在小山丘，贤人生活真自由。回归山林无所求，誓不告诉他人隐居之乐。

赏析

这是一首抒写惬意的隐居生活的诗，是中国诗歌史上第一首写隐逸生活的诗。隐士在中国文化中占有重要地位，他们往往都是一些学识渊博、品行高洁的高人。但是他们都不愿意在俗务中耗费生命，更不愿意看那些看不顺眼的现实，做那些违心的事，所以便隐居山林，选择了独善其身。隐逸诗在中国文学史上占有重要地位，而本篇《考槃》便是它们的始祖。

诗中描写了隐居者惬意的生活，我们且来领略一番。隐者简朴的小木屋建在人迹罕至的深山里，那里没有都市的喧闹，也没有官场的阳奉阴违，听到的都是天籁之音。虽然一个人独居多少会有些孤单，但是诗人却乐此不疲。一个人可以生活得本真一些，衣服甚至可以穿得随意些，起床起得晚一些。想吟诗时则吟诗，欲放歌时且放歌，这种生活也确实令人神往。可惜大多数人都受不了这种寂寞，所以也体会不到其中的乐趣。诗人的可贵之处正在于能忍受这寂寞，并且把这种寂寞当作一种享乐。难怪李白讲“自古圣贤皆寂寞”，写过大量隐逸游仙诗的李白是能读懂这首《考槃》的。

这首诗深得孔子的喜爱，他曾说过：“吾与《考槃》，见士之遁世而不闷也。”字里行间吐露出对这位隐士的赞许。因为孔子也主张“达则兼济天下，穷则独善其身”。在喧嚣的现代社会，面对横流的物欲、名利声色的诱惑更多了，如何才能不被这些淹没，保持自己独立的人格，读一读《考槃》就会感觉到非常的亲切，它能起一针清醒剂的作用。如果愿意还可以读读美国作家梭罗的《瓦尔登湖》，梭罗把《考槃》中的生活搬到了现实生活里。

硕人

硕人①其颀②，衣锦褧衣③。齐侯之子，卫侯之妻，
东宫④之妹，邢侯之姨，谭公维私⑤。
手如柔荑，肤如凝脂，领如蝤蛴⑥，齿如瓠⑦犀⑧，
螓⑨首蛾眉⑩。巧笑倩⑪兮，美目盼⑫兮。
硕人敖敖，说⑬于农郊。四牡有骄，朱幩⑭镳镳，
翟茀⑮以朝。大夫夙退，无使君劳。
河水洋洋，北流活活⑯。施罛⑰濊濊⑱，鳣⑲鲔⑳发发㉑，
葭菼㉒揭揭。庶姜孽孽㉓，庶士有朅㉔。

注释

①**硕人**：美人，指卫庄公夫人庄姜。②**颀**（qí）：身材修长的样子。古代人以硕大颀长为美。③**褧**（jiǒng）**衣**：女子嫁时在途中所穿的外衣。④**东宫**：指齐国太子。⑤**私**：女子称谓姊妹的丈夫为"私"。⑥**蝤蛴**（qiú qí）：天牛之幼虫，其色白身长。⑦**瓠**（hù）：葫芦类。⑧**犀**（xī）：葫芦籽。因其洁白整齐，所以用来形容齿的美。⑨**螓**（qín）：虫名，似蝉而小，额宽广而方正。⑩**蛾眉**：蚕蛾的眉（触角），细长而弯曲。⑪**倩**：酒靥之美。口颊含笑的样子。⑫**盼**：眼睛转动时黑白分明。⑬**说**（shuì）：通"税"，停车休息。⑭**朱幩**（fén）：马口铁上用红绸缠缚做装饰。⑮**翟茀**（dí fú）：山鸡羽饰车。女子所乘的车前后都要遮蔽起来，那遮蔽在车后的东西叫"茀"，"翟茀"是茀上用雉羽做装饰。⑯**活活**（guō）：水流声。⑰**施罛**（gū）：撒渔网。⑱**濊濊**（huò）：拟声词，撒网入水之声。⑲**鳣**（zhān）：鳇鱼。⑳**鲔**（wěi）：鳝鱼。㉑**发发**（bō）：鱼碰网时尾动貌。诗意似以水和鱼喻庄姜的随从之

盛。㉒菼（tǎn）：荻草。㉓孽孽（niè）：高长貌。㉔朅（qiè）：威武健壮的样子。

译文

窈窕淑女体修长，风衣罩在锦衣上。她是齐侯的公主，嫁到卫侯做国母，她和太子同嫡出，是那邢侯小姨子，谭公是她亲姐夫。

双手白细如嫩草，肤如凝脂真细腻，脖颈粉白又细腻，齿如瓜子白又齐，额头方正眉长细。笑靥醉人真美丽，秋波婉转多情意。

窈窕淑女身材高，驻马停车在城郊。四匹雄马多矫健，马辔边上红绸飘，华美车子好上朝。大夫退朝应该早，莫让卫君太操劳。

黄河浩浩又荡荡，奔腾不息向北上；撒开渔网，鱼儿碰到渔网上，芦荻稠密细又长。陪嫁女子好衣裳，媵臣英武又健壮。

赏析

这是卫国人民赞美卫庄公夫人庄姜的诗。庄姜夫人出身尊贵、面容姣好、知书达理，是一代名媛。可是她红颜薄命，嫁入了腐朽黑暗的卫宫，而且身后无子，所以遭到卫庄公的冷落，生活得很不开心。但是百姓的眼睛是雪亮的，他们同情庄姜夫人的遭遇，为她鸣不平。这首诗便是当时流传在卫国赞颂庄姜夫人妇德妇容的民歌。

从内容上分析，这首诗描写的是婚嫁时的庄姜，穿着嫁衣的庄姜，从齐国往卫国完婚。第一章介绍了庄姜显赫的地位，她是齐国的公主，而且是嫡出，具有高贵的血统。她要嫁给的是卫国的国君，卫国在当时是一个大国，能做一个大国的第一夫人也是极显贵的身份了。“东宫之妹，邢侯之姨，谭公维私”都是极言其尊贵的。第二章描写了庄姜的美貌：她的手白嫩而柔软；皮肤细腻光滑；脖子粉嫩且长；牙齿又白又整齐。最吸引人的是她那带酒窝儿的笑靥和秋波婉转的双眸。前四句是静态描写，后两句是动态描写，动静结合，把庄姜的美貌完全表现了出来。第三章写的是庄姜在嫁往卫国途中举行的盛大礼仪。驾车的是四匹剽悍的骏马，所乘的是华美绝伦的马车。庄公因为急着要迎娶远道而来的新娘子，所以早早让大夫们退朝。后者是虚写，未必真有其事，而是说这样位尊貌美的新娘子进朝，庄公应当撇下其他事情，因为没有什么事比这更重要了。第四章写了庄姜出嫁时随从的浩大声势。前二句是写黄河之宽广，水势之雄伟，起衬托作用，衬托后面陪嫁队伍的浩大声势。次二句用比，用网中鱼儿数目之多比庄姜侍从人数之众。

本诗最为后人所称道的是第二章对庄姜美貌的描写，庄姜也是中国历史上第一个有详细外貌描写的美人。真正的美人往往是不能用文字来表达的，因为真正的美往往在神而不在形，而神只能凭感觉来感受而非文字的表现力所能及。但是天才的作家总能突破语言的局限，对于具体的形貌用比喻来做静态的描摹。而对“神”的层面的描写便要用虚笔，抟虚成实。最能代表一个人的风神的便是眼睛了，所谓“传神写照正在阿堵中”是也。本诗最为光彩照人的两句便是“巧笑倩兮，美目盼兮”两句了。她那迷人的笑靥以及由笑所散发出的生命的魅力，还有那顾盼神飞的双眸，折射出的是尊贵而纯洁的灵魂。前五句的描写都是静态的，用她来描写庙中的菩萨也未尝不妥，正是这后面的两句使人物一下子活了起来，有了生命。这在当时可以称得上是虚实结合写法的最高典范了，时至今日我们看了也不得不惊叹诗人的妙笔。

氓

氓①之蚩蚩②，抱布贸③丝。匪来贸丝，来即我谋。送子涉淇，至于顿丘④。

匪我愆⑤期，子无良媒。将⑥子无怒，秋以为期。

乘彼垝垣⑦，以望复关⑧。不见复关，泣涕涟涟。既见复关，载笑载言。

尔卜尔筮，体无咎言。以尔车来，以我贿⑨迁。

桑之未落，其叶沃若。于嗟鸠兮！无食桑葚。于嗟女兮！无与士耽。

士之耽⑩兮，犹可说⑪也。女之耽兮，不可说也。

桑之落矣，其黄而陨⑫。自我徂⑬尔，三岁食贫。淇水汤汤，渐车帷裳。

女也不爽⑭，士贰⑮其行。士也罔极，二三其德⑯。

三岁为妇，靡室劳矣。夙兴夜寐，靡有朝矣。言既遂矣，至于暴矣。

兄弟不知，咥⑰其笑矣。静言思之，躬自悼矣。

及尔偕老，老使我怨。淇则有岸，隰则有泮。总角之宴，言笑晏晏⑱。

信誓旦旦⑲，不思其反。反是不思⑳，亦已焉哉！

注释

①氓（méng）：男子之代称。②蚩蚩（chī）：同“嗤嗤”，笑嘻嘻的样子。③贸：交易。④顿丘：地名。⑤愆（qiān）期：拖延日期。⑥将（qiāng）：请求。⑦垝（guǐ）：毁坏残缺。⑧复关：地名，

在诗中代指氓。⑨**贿**：财物，指妆奁。⑩**耽**（dān）：沉溺，贪乐太甚。⑪**说**：通“脱”，摆脱。⑫**陨**（yǔn）：落下，落叶为黄色，此处指黄色。⑬**徂**（cú）尔：往、到。⑭**爽**：差错。⑮**贰**：“贠（tè）”的误字。“贠”就是“忒”，和“爽”同义。⑯**二三其德**：三心二意，指男子变心。⑰**咥**（xì）：哈哈大笑的样子。⑱**晏晏**（yàn）：和悦的样子。⑲**旦旦**：通“怛怛”，诚恳的样子。⑳**反是不思**：是重复上句的意思，变换句法为的是和下句押韵。

译文

那个男子笑嘻嘻，抱着布匹来换丝。哪是真的来换丝，悄悄向我求婚事。那天送你过淇水，送到顿丘才返回。不是我要改婚期，只怨你没请好媒。求你别生我的气，定了秋天好日期。

爬上城头来等待，盼望心上人儿来。没有见到心上人，焦急伤心泪涟涟。等我见到心上人，喜笑颜开没个完。你说你去问过卦，卦辞应该没凶言。驾上你的马车来，拉上我的好嫁奁。

桑树叶儿还未落，又绿又肥真好看。贪吃美食的斑鸠鸟，见了桑葚别嘴馋！情窦初开的姑娘家！见着男人休纠缠！男人都是薄情郎，说散就散不留恋。女人都是痴情种，忘记过去实在难。

秋风扫得桑叶落，干黄憔悴不忍看。自我嫁到你家去，三年穷困无怨言。淇河水儿涨得满，水把车子帷帘沾。我的行为没差错，你这口是心非的汉。男人朝三又暮四，三心二意情不专。

三年夫妻不算短，家中活我一人干。日日早起睡得晚，好容易家里才好点。待我又凶又狠像对丫鬟。娘家人不明白我心烦，见我嬉笑又开颜。心中有苦向谁诉，打掉牙儿肚里咽。

答应跟你一辈子，人老珠黄把我嫌。淇水再宽总有岸，河岸再阔也有边。记得我们孩童时，欢颜笑语没个完，当初你信誓旦旦，不想你竟把心变。既然你已把心变，那就这样把手散。

赏析

这是一首写痴情女子负心汉的弃妇诗。全诗生动地叙述了主人公和氓恋爱、结婚、受虐、被遗弃的过程，诵读之中，仿佛仍能听到女主人公催人泪下的悲怆呼声，仍能看到那哀丽坚贞的感人形象。该诗是《诗经》中少见的长篇叙事诗。第一、二章写了两人幸福的恋爱生活，他们偷偷地约会，私订终身。男子则比较毛糙，做事欠稳妥，连个好的媒人也请不到，自己还发牢骚。约会的时候老是迟到，让主人公担惊又受怕。都说热恋中的女人智商为零，看来不是没有根据的，处在热恋中的主人公对这些都没有觉察到，全身心的都在为那男子着想。这就为后面的悲剧埋下了祸根，因为很多时候都是女主人公一厢情愿的。第三、四、五章都是写不幸的婚后生活。三、四两章都是以桑来比兴，以柔嫩的桑叶比喻美丽的青春。以告诫斑鸠不要贪食桑葚来暗示年轻的姑娘不要沉溺于爱情，斑鸠吃多了桑葚就会丢命，女子太痴情就会丧失理智，终身遗恨。实际上是在警告姐妹们，是在诉苦，倾诉自己不幸的遭遇。自古痴情女子薄情郎，男子只把爱情当作生活的一部分，有的时候甚至仅仅是为了猎艳，激情过后就会厌烦，喜新厌旧是男人的天性。而女子往往因为用情太深，一旦堕入情网便难以自拔。等到有一天遭到男人抛弃后顿时感到天崩地圻，一切都失去了意义。女人为了家庭再怎么劳苦，在男人眼里往往都是应该的，当女人用自己的辛劳把家庭建设得差不多了的时候，往往已经不再年轻漂亮，而此时正是男人容易移情别恋的时候。这个时候女人被男人抛弃，受到的打击和伤害往往是最深的。所以“于嗟女兮！无与士耽。士之耽兮，犹可说也。女之耽兮，不可说也”。可谓字字读来都是血，因为这是她用自己的婚姻悲剧换来的结论。女主人公在被抛弃之后只得回娘家去住，可是在回家的路上她心情很低落。不仅仅是因为淇河的水溅湿了车子周围的帷布，担心回到家里会遭到自家兄弟的哂笑，可能是因为当时女子决意要嫁给氓的时候遭到了兄弟们的反对，都说她没有眼力。可是热恋中的女人智商为零了，怎么还会有清醒的判断。现在被人抛弃了，回去肯定会遭到兄弟们的哂笑。末章写到女主人公对负心的氓的控诉，“淇水再宽总有岸，河岸虽阔总有边”，可是他为什么做事就如此过分呢，说抛弃就抛弃，不讲一点道理。痛定思痛，最后觉醒了：分手就分手吧，心里有再多的伤心也于事无补了。无论当初的相恋是多么幸福，也无论被抛弃后有多么伤悲，但是日子还得继续，自己还要生活下去，最好还要活得好一些，要让那个负心汉看到，离开了他，自己照样可以生活得很好。这个时候我们看到一个从婚姻失败的阴影中走出来的坚强的女性，她明白了不能把生命的意义全部寄托在男人身上。

《诗经》中有很多始乱终弃的故事，但这是一个写得最详细具体的。本诗也是《诗经》中最长的叙事诗，诗人采用了倒叙的手法，用情感推动了情节的发展。叙事和抒情水乳交融，达到了极高的艺术境界。一些情节的描写，善于抓住人物的神态，把人物形象刻画得惟妙惟肖。

木瓜

投我以木瓜，报之以琼琚[①]。匪[②]报也，永以为好[③]也！

投我以木桃，报之以琼瑶。匪报也，永以为好也！

投我以木李，报之以琼玖。匪报也，永以为好也！

注释

①琼琚（jū）：形容玉美。后文的“琼瑶”“琼玖”都是一个意思。古代男女身上都佩戴玉石，又叫玉佩。古代男女定情之时，男子往往赠送女子玉佩为信物。②匪：通“非”。③好：爱。

译文

你将木瓜投赠我，我拿琼琚作回报。不是为了报答你，珍重情意永相好。

你将木桃投赠我，我拿琼瑶作回报。不是为了报答你，珍重情意永相好。

你将木李投赠我，我拿琼玖作回报。不是为了报答你，珍重情意永相好。

赏析

这是一首男女相互赠答的定情诗，描写了一对青年男女相互赠送信物的情景。从章句结构上看，本诗很有特色。首先，其中没有《诗经》中最常见的四言句式，而采用五言夹杂三言这种具有跌宕起伏韵律感的形式。语言极浅近，脱口而出。但是却自成音韵，声情并茂。其次，诗句采用近乎一致的语句一遍遍重复同一个意思，表现出主人公极大的诚意。

开篇描写的是你赠给我水果，我回赠你美玉，与通常的“投桃报李”不同，回报的东西要比受赠的东西贵重很多倍，但是这毕竟不同于我们平常所说的“滴水之恩当以涌泉相报”，因为“滴水之恩当以涌泉相报”是讲要知恩图报，其中含有礼节性的意味。那么难道是诗人在炫富吗，是在拿玉石来羞辱对方吗？读至此我们可能会产生种种疑问。但是作者一句“匪报也”，顿时话题一转：我给你这么贵重的美玉，并不是为了报答你送我水果。那是为了什么呢，末句“永以为好也”做了回答：“我拿玉佩送你是为了表示永结同好的。”主人公送这么贵重的东西给对方，是因为他把两人之间这种感情看得很重。行文中给人一种山重水复之后顿见柳暗花明之感。

在男女谈恋爱，要正式确定恋人关系的时候，男的往往都要给女的赠送戒指、项链之类的首饰，看来这是有历史渊源的了。可是现在有的男子一下子没有那么多钱给自己的恋人买钻戒或者白金项链，女子便不依不饶：“没有钻戒就不要向我求婚，难道我就那么不值钱吗？”这种观点就大错特错。《木瓜》中男子拿玉佩来赠送女子诚然是贵重，但他并不是说只有如此贵重的礼物才能代表自己的心意。古人不是讲“千里送鹅毛，礼轻情意重”嘛，是不是真心诚意才是最重要的。现代社会中那些出手阔绰、一掷千金的男子未必用情就专一。所以女子千万不要认为爱情只能用商品价值来衡量，那等于就把自己当商品用来交易了。

王风

王，是“王畿”的简称，即东周王朝的直接统治区，大致包括今河南的洛阳、偃师、巩义、温县、沁阳、济源、孟津一带地方。“王风”就是这些区域的诗。“王风”与“周南”来源地部分相同，但它们的曲调是不同的。编入“王风”的是东周王畿的土乐。

黍离

彼黍离离①，彼稷之苗。行迈②靡靡③，中心摇摇。知我者，谓我心忧；不知我者，谓我何求。悠悠④苍天，此何人哉？

彼黍离离，彼稷之穗。行迈靡靡，中心如醉。知我者，谓我心忧；不知我者，谓我何求。悠悠苍天，此何人哉？

彼黍离离，彼稷之实。行迈靡靡，中心如噎。知我者，谓我心忧；不知我者，谓我何求。悠悠苍天，此何人哉？

注释

①**离离**：植物生长得整齐的样子。②**行迈**：远行。③**靡靡**：行路迟缓的样子。④**悠悠**：通“遥遥”，遥远的样子。

译文

那糜子长得一排排，那高粱生出苗儿来。长途远行步难迈，心中烦闷方寸乱。了解我的知我有忧愁，不了解我的当我有所求。悠悠苍天啊，为什么要这样对待我？

那穈子长得一排排，那高粱穗儿生得壮。长途远行步难迈，心中昏乱如醉酒。了解我的知我有忧愁，不了解我的当我有所求。悠悠苍天啊，为什么要这样对待我？

那穈子长得一排排，那高粱结出粒儿来。离家远行步难迈，心中郁闷如噎食。了解我的知我有忧愁，不了解我的当我有所求。悠悠苍天啊，为什么要这样对待我？

赏析

《毛诗》认为本诗是悲悯宗周的，周朝的大夫路过西周镐京的宗庙和宫殿的遗址时，看到的是一片庄稼，于是心生悲凉，感慨不已，以致不忍离去，作此诗以抒发心中的悲慨。后来“黍离”一词成为后人感慨亡国，触景生情时常用的典故。本诗写的是一个周王室后裔或者是前朝遗民在面对旧都废墟时所引发的哀思。昔日气派恢宏的王宫，转眼之间已成为平地，并且种上了黍稷等庄稼，一切的繁华都成为过去，一切的尊贵完全褪尽。独有诗人孤独地踯躅在昔日繁华的遗迹面前。质问苍天，世道何以至此？苍天无语，只有沉默，诗人独自黯然泪下，任那亡国之痛一泻千里。

全诗共三章，每章十句。三章间结构完全相同，取同一物象不同时间的表现形式完成时间流逝、情景转换、心绪压抑三个方面的发展，在迂回往复之间表现出主人公不胜忧郁之状，“三章只换六字，而一往情深，低回无限”（方玉润《诗经原始》）。

诗首章写诗人行役到宗周镐京，经过故宗庙宫室时，所见一片庄稼，当年的繁盛不见了，昔日的奢华也不见了，就连刚刚经历的战火的痕迹也寻不到了，呈现在眼前的是一片绿意盎然的黍和稷。黍稷之苗本是无情无义的，但在诗人眼中，它却引发无限的愁思。他不忍离去，这里曾经是带给自己尊贵身份，留给自己自豪的地方，于是他缓步独行在荒野之上，思绪万端、百感交集，心中充满了落寞与惆怅。怅惘尚能承受，令人不堪的是这种忧思无处诉说，不能被理解，所以他发出了“知我者谓我心忧，不知我者谓我何求”的感慨。这是“众人皆醉我独醒”的悲凉，难怪李白说“自古圣贤皆寂寞”。这是一种大悲哀，这种悲哀诉诸人间是得不到回应的，只能向苍天求闻：“悠悠苍天，此何人哉？”苍天自然也无回应，此时诗人心中的落寞和惆怅更加强烈，这种悲剧意识已经超越个体感受而上升为一种生命的悲剧意识。

第二章和第三章，基本场景未变，但“稷苗”已长成“稷穗”和“稷实”。稷黍成长的过程颇有象征意味，与此相应的是诗人心中的感受从“摇摇”到“如醉”“如噎”的层层深化。而每章后半部分的感叹和呼号虽然在形式上完全一样，但在一遍遍叠唱中加深了悲痛的密度，这是痛定思痛之后的长歌当哭。

君子于役

君子[1]于役，不知其期[2]，曷至[3]哉？鸡栖于埘[4]，
日之夕矣，羊牛下来。君子于役，如之何勿思！
君子于役，不日不月，曷其有佸[5]？鸡栖于桀[6]，
日之夕矣，羊牛下括[7]。君子于役，苟无饥渴？

注释

①君子：当时妻子对丈夫的称呼。②其期：指服役的期限。③至：到家。④埘（shí）：鸡窝。⑤佸（huó）：聚会，团聚。⑥桀：通“橛”，系鸡的木桩。⑦括：来到。

译文

夫君远方去服役，不知何时能到期，何时才能回家乡？鸡儿纷纷回到窝，夕阳西下日黄昏，牛羊下坡进栏门。夫君服役去远方，叫我怎能不来想。

夫君服役去远方，没日没月时间长。何日团圆聚一堂？鸡儿纷纷上木桩，夕阳西下日黄昏，牛羊下坡合成群。夫君服役去远方，或许不会饿肚肠？

赏析

这是一位妇女思念她常年在外服役的丈夫的诗。属于典型的“怨女旷夫”诗。丈夫常年服役在外，妻子则在家独守空房。黄昏时分，看见牛羊归圈、鸡鸭回窝，可是自己的丈夫却不能回家与自己相聚，于是怅然若失，引而为歌。

本诗的最大特点在于情景交融。两章的前一句都是直言其事，想念远役的丈夫，盼望丈夫能早日回来。精彩的在后一句对黄昏景象的描写，我们可以根据诗句来想象一幅场景：落日衔山，暮色苍茫，牛羊成群而归，鸡鸭栖息窝棚。在这黄昏之际，在外面劳作了一天的人们都回到了家里，连不会言语的牲畜都回到棚舍的时候，一位妇女站在院门口，望着西下的夕阳，听着归来的牛羊鸡鸭发出的鸣叫声，心中不禁阵阵酸楚：鸡鸭牛羊晚上了都可以回家，可是自己的丈夫却有家不能归，斯情斯景怎能不让人黯然神伤呢。这样末句的“君子于役，如之何勿思”和“君子于役，苟无饥渴”就水到渠成地脱口而出了。我们可以想象出随着暮色越来越暗，女主人公对丈夫的思念就越浓，思绪就飘得越远。王照圆在评价这首诗时说“写乡村晚景，睹物怀人如画”，揭示出了本诗的特征，的确，诗中所描写的场景读罢历历在目，一位优秀的摄影师或者是画家定能以此创作出一幅写实的作品来。王国维的“一切景语皆情语”用来分析诗中黄昏景象的描写最为精到，章首章尾的抒情与中间的景象水乳交融，浑然一体。

采葛

彼采葛兮，一日不见，如三月兮！
彼采萧①兮，一日不见，如三秋兮！
彼采艾②兮，一日不见，如三岁兮！

注释

①萧：一种蒿类植物，有香气所以民间称为香蒿。②艾：艾蒿，也是一种蒿类植物。可用于针灸之灸（用艾蒿之叶等烧灼或熏烤身体某部位的治疗方法）或熏赶异味。

译文

那个采葛的姑娘啊，一日不见她，好像三个月长啊！

那个采蒿的姑娘啊，一日不见她，好像三个秋季长啊！

那个采艾的姑娘啊，一日不见她，好像三年长啊！

赏析

这是一首思念情人的诗。描写热恋中的男子，强烈地渴望与恋人相见的情状。大凡热恋过的青年男女对诗中主人公的感觉都会有深刻的体会，这一次分别，就盼望着下一次的相会，没有见到对方的时候就六神无主，坐卧不宁。在这种情况下就会感觉时间的漫长，真可谓是度日如年了。

本诗仍然采用了重章复沓叠唱的形式，“采葛”“采萧”“采艾”都是劳动的生活，但思念的情感却一层比一层更深，从“三月”到“三秋”“三岁”，时间的增长表明的是相思之情的增浓。一日是物理时间，三月、三秋、三年都是心理时间，这里虽然使用了夸张的手法，但是我们却感觉不到有夸大之嫌，甚至感到恰如其分。今天我们形容热恋男女之间分不开的时候我们就会想到“一日不见，如隔三秋”这句话，这句话正是出自这首《采葛》，可见此诗对后世的影响还是很大的。

大车

大车[①]槛槛[②]，毳[③]衣如菼[④]。岂不尔思？畏子不敢。

大车哼哼[⑤]，毳衣如璊[⑥]。岂不尔思？畏子不奔。

穀[⑦]则异室，死则同穴。谓予不信，有如皦[⑧]日。

注释

①**大车**：大夫所乘坐的车子。②**槛槛**：车轮的响声。③**毳（cuì）衣**：一种绣衣，用兽皮织成，上面绣着五彩花纹的衣服。④**菼（tǎn）**：初生的芦苇，清白色，这里是用来形容衣服的颜色。⑤**哼（tūn）**：车子负重行走很慢的样子。⑥**璊（mén）**：本义是红玉，这里指衣服的颜色是红色的。⑦**穀**：生，活着。⑧**皦（jiǎo）**：白。

译文

大夫的车儿吱吱行，那人的绣衣颜色新。岂知我心里不想你，怕你不敢和我走。

大夫的车儿慢腾腾，那人的衣服颜色红。岂知我心里不想你，想私奔怕你不赞同。

生不能同处一室，死则愿共一墓穴。我的话你别不信，青天白日可做证！

赏析

这首诗描写了一位女子大胆追求爱情，希望自己的心上人能够与自己一起私奔。诗中可以看到女子很想和她的意中人同居，但不知道对方心里是怎么想的，所以就与他约会，去试探对方。男主人公在诗中是虚拟的，没有一句话是描写他的言语或行动的，只是描写了他乘车而来，穿着贵族的服装。女子已经完全坠入情网了，但是由于某种原因他们想要结合还遇到一些阻力，但是女子是勇敢的，所以她一开始就表明自己的态度：想和对方去私奔。男子大概是有些犹豫或者是怀疑女子是不是一时的心血来潮，女子便很着急，急于表白自己是认真的，为了证明自己的真诚她都开始立誓了。看来真是一名痴情女子啊！

与《诗经》中其他女子含蓄地向恋人表露心机的诗相比，本诗的女主人公可谓大胆热烈了，在大胆热烈中显出一种豪爽和勇敢，是一个敢说敢做的女子。她大胆热烈但又不失矜持，没有轻浮与矫情，真可谓是女中豪杰！此诗也开了女子立誓表明真情诗歌的先河。

郑风

春秋时代郑国的统治区大致包括今河南的郑州、荥阳、登封、新郑一带地方。“郑风”就是这个区域的诗。“郑风”中绝大部分是情诗，这虽同郑国溱水便于男女游览聚会有关，但更主要的是同郑国男女自由交往的某些古代遗风密不可分。

缁衣

缁衣①之宜兮，敝，予又改为兮。适子之馆兮，还，予授子之粲②兮。

缁衣之好兮，敝，予又改造兮。适子之馆兮，还，予授子之粲兮。

缁衣之蓆③兮，敝，予又改作兮。适子之馆兮，还，予授子之粲兮。

注释

①**缁衣**：黑色的衣服，古卿大夫居私朝之服。②**粲**：形容新衣鲜明的样子。③**蓆**（xí）：宽大舒适。

译文

黑色朝服多合身啊，破了我再为你缝一件。
你到官署办公去吧，回来我就给你换新衣。
黑色朝服多美好啊，破了我再为你缝一套。
你到官署办公去吧，回来我就给你穿新袍。
黑色朝服多宽大啊，破了我再为你做一件。
你到官署办公去吧，回来我就给你新衣穿。

赏析

这是一首赠衣的诗。据孔颖达《毛诗正义》介绍，古代卿大夫到官署理事（古称私朝），要穿上黑色朝服。诗中“予”的身份，看来像是穿缁衣的人的妻子，丈夫上班穿的衣服是她制作的，这位制作缁衣的应当是一位贵族妇女。

全诗共三章，直叙其事，是为赋体。采用了《诗经》中常见的复沓联章形式。诗中形容缁衣之合身，虽用了三个形容词：“宜”“好”“蓆”，实际上都一个意思，就是说衣服缝制得好，而且是好得不能再好了；准备为丈夫改制新的衣服，也用了三个动词：“改为”“改造”“改作”，实际上也都是一个意思，只是变换语词而已。每章的最后两句都是相同的。全诗用的是夫妻之间日常所说的话语，一唱三叹，把抒情主人公对丈夫无微不至的体贴之情刻画得淋漓尽致。

仔细玩味这首诗，会强烈感受到此诗字里行间一种温馨的亲情洋溢。丈夫所穿的黑色朝服是抒情主人公亲手缝制的，所以她极口称赞丈夫穿上朝服是如何的合身、如何的得体，对自己的手艺充满了溢美之词。她又一而再，再而三地表示，如果这件朝服破旧了，我将再为你做新的。还再三叮咛：“你去官署办事回来，我就给你试穿刚做好的新衣”，真是情深意切的好妻子。从表面上看，诗中写的只是普普通通的妻子给丈夫缝制衣服，但韵外之致却是要表达妻子对自己丈夫的挚爱，这种爱是那样朴素而又真诚。穿衣服的人是幸福的，但是从诗中我们也可以感觉到缝制衣服的人其实更幸福。

本诗还有一个明显的特点就是句式的参差。《诗经》中最常见的是四言句式，也有少量的三言、五言等，但是本诗中既有一言句式，又有五言句式，还有六言句式，句式变化如此之多在《诗经》中是少见的，说明本诗的语言非常口语化。同时，本诗是女主人公一个人的自言自语，读者可以想象得出她一边缝制衣服，一边哼哼呀呀地唱着随口编的小曲儿。这样它的句式自然就会比较随意了。

女曰鸡鸣

女曰鸡鸣，士曰昧旦。子兴视夜，明星有烂。将翱将翔①，弋②凫与雁。

弋言加③之，与子宜④之。宜言饮酒，与子偕老。琴瑟在御，莫不静⑤好。

知子之来⑥之，杂佩⑦以赠之；知子之顺之，杂佩以问之；知子之好之，杂佩以报之。

注释

①**翱、翔**：本义指鸟飞翔，这里指人外出游逛。②**弋**（yì）：射。③**加**：射中。④**宜**：祭祀之名。⑤**静**：通“靖”，和睦友好的意思。⑥**来**：这里是殷勤的意思。⑦**杂佩**：古人配饰上系珠玉等，质地形状不一，故称杂佩。

译文

妻言公鸡已开始叫，夫说天色未亮还早。妻说你起来看夜色，那启明星多灿烂。赶快收拾去打猎，能射野鸭与雁最好。

你若射中鸭和雁，我就与你共祭祀。祭礼之上可饮酒，与君白头过到老。你弹琴来我鼓瑟，怎么和睦又友好。

知道你来献殷勤，解我五彩佩玉赠。知道你品性很和顺，解我五彩佩玉慰问。知道你一心喜欢我，解我五彩佩玉来报答。

赏析

这是一首新婚夫妇的联句诗，夫妻二人以对话的形式联句，写到了打猎、祭祀、对饮等家庭生活，写得很有生活情趣。

第一章写到小两口在天色未明的时候就醒来了，他们在床上开始了对话。妻子说公鸡已经打鸣了，意思是说天快要明了，要准备起床了。丈夫说天还没有亮，意思是说还可以再睡一会儿。妻子早已经没有睡意了，看到窗外明亮的启明星，那启明星很亮很亮，便喊丈夫坐起来看。丈夫被吵得睡意顿失，便开始合计新的一天的家务安排。因为就要祭祀了，所以妻子便安排丈夫天亮了要出去打猎，要射杀大雁和野鸭。可能是说到大雁和野鸭是很好的祭品，拿这样的祭品来供奉神灵或祖先就会得到好运。第二章中妻子又说如果你射到了，我就和你一起参加祭祀，祭礼上还要和你共饮，以祈求神灵保佑我们白头偕老。本章的最后一句“琴瑟在御，莫不静好”，应当是诗人的旁白。诗人描述至此，不禁心发感慨，自己从后台走到前台直接发表看法了。第三章写了妻子和丈夫谈论恋爱时的甜蜜生活：知道你来向我献殷勤，我就把身上的玉佩解一块给你；看到你表现得很顺从我的样子，我也送你一块玉佩；知道你是真心爱我的，我再送你一块玉佩。最后连人也一起送过来了，我们可以想象妻子说这番话的时候是多么的幸福，多么的陶醉，她沉浸在对热恋时光的甜蜜回忆之中。

本诗很有意思，丈夫的话只有一句，就是当妻子说天快要亮了，公鸡已经打鸣了的时候，丈夫回答说天还没有亮，言外之意是两个人还可以在被窝里亲热温存一会儿。只此一句，便把小两口的恩爱写得出神入化。其余除了诗人自己按捺不住出来赞叹一番之外都是妻子的话，这很符合生活的逻辑，因为女人在幸福的时候是最喜欢说话的，一半是说给别人听的，还有一半是说给自己听的，因为这自言自语是内心幸福的外溢。诗人把小两口的生活写得颇有情趣，耐人寻味。

有女同车

有女同车，颜如舜①华，将翱将翔②，佩玉琼琚。彼美孟姜，洵美且都③。

有女同行，颜如舜英，将翱将翔，佩玉将将④。彼美孟姜，德音⑤不忘。

注释

①舜：通“蕣”，木槿的花，现在名叫牵牛花。②翱、翔：形容女子步履轻盈。③都（duǒ）：通“嚲”，娴雅大方。④将将（qiāng）：拟声词。⑤德音：好声誉。

译文

与我同车那姑娘，貌如牵牛花一样。步履轻盈似翱翔，

戴的佩玉叮当响。美女名字叫孟姜，确实美貌又大方。

与我同行那姑娘，貌如牵牛花一样。步履轻盈似翱翔，

身佩珠玉响叮当。美女名字叫孟姜，美好声誉永难忘。

赏析

这首诗写了一位贵族少年的一段偶遇。这位贵族小伙子在车上遇到一位美丽贤淑的姑娘，这位姑娘貌美如花，端庄淑雅，心地善良。面对这样好的姑娘，小伙子哪能不动心呢，但是小伙子并没有直接表白自己的爱慕之意，而是用最美好的语言来描绘自己心上的姑娘。

本诗是以男子的口吻来对女子进行描述的，主要采用了赋的手法。用美丽的花儿来形容貌美的姑娘，接着写了她的仪态，仪态方面主要写姑娘轻盈的步履。如果说前一层是静态描写的话，这一层则是动态描写。少年接着描述了姑娘身上的佩饰，姑娘身上佩戴的是一些美玉，这些美玉在她行走的时候会相互撞击，发出悦耳的声音。在古代，玉往往被用来象征美好的品德，所以古人讲“君子必佩玉”。这里对佩饰的描写实际上暗含了对姑娘美好品德的赞美。孟姜在当时应当是美女的代称，我们在前面已经接触过了，这里不再赘述。看来诗中这位姑娘也是一位名门望族的闺秀，少年已经按捺不住心里的倾慕之情了，于是发出由衷的赞叹：这样优雅贤淑的姑娘我一辈子都不会忘记她啊！全诗前后两章，结构雷同，只有少数字词有变动，采用了诗经中常见的叠章易字的形式。诗中没有具体的肖像描写，但通过少年的描述我们感觉如睹其人，如闻其声。近代诗人戴望舒的《雨巷》深得此诗的精髓。

狡童

彼狡童①兮，不与我言兮。维②子之故，使我不能餐兮。

彼狡童兮，不与我食兮。维子之故，使我不能息③兮。

注释

①狡童：狡猾的青年，是戏谑之言。②维：通“惟”。③息：气息通畅。

译文

你这狡猾的小浑蛋，不再与我来交谈。都是为了你，使我吃饭难下咽。

你这狡猾的小浑蛋，不再与我同吃饭。都是为了你，使我心里不得安。

赏析

这是一首写女子失恋的诗。女子虽然失恋了，但是还没有从失恋的痛苦中解脱出来。一想到那个抛弃自己的男子就寝食难安，甚至连呼吸都变得不顺畅了。可谓爱之深，恨之切了。

全诗共两章，结构雷同，采用了《诗经》中常见的叠章易字的手法。第一句是在埋怨男子不该不理她了：“你这狡猾的小浑蛋，不再与我来交谈。”虽然是在责骂，但在责骂之余我们还能感到在恨中还夹杂着爱，恨正是由于爱之不可得所引起的。“都是为了你，使我吃饭难下咽。”吃饭的时候女子不自觉地想起了两人一起吃饭的情景，现在留下自己一个人冷冷清清的，所以连吃饭也没什么胃口了。第二章比第一章更进了一层，不与自己说话变成了不与自己吃饭，关系上更加密切了一层，后一句的“不能息”也比前章的“不能餐”更严重了一些，写出了女子在失恋之后爱恨交加的痛苦心理。

此诗缠绵悱恻，爱恨交错，依依之情，跃然纸上。理解此诗要着重体会言外之意，韵外之致。

风雨

风雨凄凄，鸡鸣喈喈[①]。既见君子，云胡[②]不夷。

风雨潇潇，鸡鸣胶[③]胶。既见君子，云胡不瘳[④]。

风雨如晦[⑤]，鸡鸣不已。既见君子，云胡不喜？

注释

①喈（jiē）：古读如“唧”。“喈喈”犹“唧唧”，鸡鸣声。②胡：何。③胶：古读jiū。胶胶：鸡鸣声。④瘳（chōu）：病愈。⑤晦：昏暗。

译文

风凄凄来雨凄凄，窗外鸡儿声声啼。这个时候见到你，怎不心旷又神怡。

风萧萧来雨潇潇，窗外鸡儿声声叫。这个时候见到你，百病怎会不全消。

风雨交加昏天地，窗外鸡鸣不停息。这个时候见到你，让我怎能不欢喜。

赏析

这是一首写夫妻久别重逢的诗。在一个鸡鸣不已、风雨交加的清晨，女子突然见到自己日思夜想的丈夫，惊喜之情溢于言表。其激动兴奋难以形容，嗟叹感慨已不足以表达，只好放歌了，只有一唱三叹的歌声才能表达出女主人公的惊喜。全诗三章叠咏，意犹未尽。从艺术上看《风雨》蕴涵了丰富的艺术意蕴。

诗人非常善于捕捉最有表现力的瞬间，就像一个擅长抓拍的摄影家。诗人不写未见之前绵绵无尽的相思，也不写相见之后载笑载言的欢聚，而是重点渲染了“既见”时的喜出望外。这一顷刻，正是最富于蕴涵和表现力的瞬间。读者在阅读时可以想象出两人见面前的情景：丈夫久别在外，妻子在家中非常思念。这种思念在白天干活儿的时候表现得还不强烈，但到夜阑人静的时候便表现得非常强烈，尤其是在风雨交加的夜里，思念的同时又加上了几分担心，所以只能在床上辗转反侧。因为思念所以睡不着，因为睡不着所以窗外的风雨声和报晓的鸡鸣声都听得那样清晰。正当心神不宁的时候，突然丈夫站到了自己的面前。一下子所有的思念和担心，甚至还有几分委屈都化作幸福的泪水。也可以想象到两人见面之后幸福地拥抱，呢喃地倾诉。但是这些都是通过读者想象填补进来的，诗中并无交代。

王夫之在《姜斋诗话》中论到《采薇》的时候说过“以乐景写哀，以哀景写乐，一倍增其哀乐”，其实在本诗里又何尝不然。夫妻久别重逢，自然是再乐不过了的，可是诗人偏偏把这重逢的环境安排在一个鸡鸣犬吠、风雨交加的阴暗压抑的清晨，此时的气氛愈压抑，见面时的激动就愈强烈。这是修辞上的反衬之法。

诗人还非常讲求炼词申意，每一个词的使用都让我们感到恰如其分，尤其是叠章易字中所易之字，通过这些字的变换细腻地表现出了女主人公的不同感受。“凄凄”是对风雨寒凉的感觉；“潇潇”则从听觉见出夜雨骤急；雨晨的晦暗，又从视觉展现眼前景象。我们可以想象到女主人公在夜半受寒意而觉醒，既而听到交加的风雨声，再到鸡鸣三声，天明之时仍见窗外晦暗这样一个步步发展的动态过程。这从三章之中对鸡鸣的不同描述也可以看出：“喈喈”是一群鸡一起躁动时的叫声，声音并不大。“胶胶”，是鸡群在大声地鸣叫了。鸡叫三遍以后，天快要亮了，此时鸡叫声此起彼伏，前后相续。与之相对应，诗中妻子“既见君子”的心态也渐次有进。“云胡不夷”，以反诘句式，语气热烈，可见她心情很高兴；“云胡不瘳”，言积思成疾，见到丈夫如病初愈，这里语气已加深；待到末章的“云胡不喜”，则喜悦之情，难以言表，高兴得要叫起来了。天色由夜晦而至晨晦，鸡叫声由微而至高，情感上也由乍见时的惊疑而到确信时的高呼。方玉润《诗经原始》中评价本诗时说：“此诗人善于言情，又善于即景以抒怀，故为千秋绝调。”可谓真知灼见。

子衿

青青子衿①，悠悠我心。纵我不往，子宁不嗣②音？

青青子佩，悠悠我思。纵我不往，子宁不来？

挑兮达③兮，在城阙④兮。一日不见，如三月兮。

注释

①**衿**（jīn）：衣领。②**嗣**：本义为继承，这里引申为传递。③**挑**（tiāo）、**达**（tà）：意思都是独自来回走动。④**城阙**：城墙正面夹门两旁的楼。

译文

你的衣领颜色青，忧思不断我的心。纵然我没去看你，难道你不传音讯？

你的佩玉颜色青，忧思不断我的情。纵然我没去看你，难道你就不能来？

我独自徘徊在那城门楼上呀。一天不见面呀，如隔三月长。

◇赏析◇

这是一位女子思念情人的诗。大概是两个人为什么小事发生了一点争吵，女子认为对方会很快就原谅自己了，可是对方却没有。姑娘总是有一点矜持的，不好意思主动认错，而小伙子心眼儿有点小，还不肯罢休。所以女主人公心里感到有一些忧伤，但是女子心里还是深爱着对方的，非常盼望能够见到对方。

前两章句式和意思基本是一样的，都以青色的衣领起兴。青色是一种略带忧郁的色彩，看到青色的衣领，女主人公心里泛起了丝丝忧伤。忧伤都是因为“他”而起的：“他难道不知道自己一片苦心，即使我不能去看你，可是你是一个男子，你就不能主动一点来看我吗？”第三章写到女主人公终于忍耐不住想见自己的情人了，便独自一人爬到城楼上去，希望能看到自己的心上人路过城门。一个人在城楼上孤独地来回走动，怅然若失。最后，她还是忍不住发出“一日不见，如三月兮”的感叹。

此诗用兴自然妥帖，抒情质朴自然，细腻地描写出了这位女子思念恋人的复杂心理感受。

野有蔓草

野有蔓①草，零露漙②兮。有美一人，清扬③婉兮。邂逅相遇，适我愿兮。

野有蔓草，零露瀼瀼④。有美一人，婉如清扬。邂逅相遇，与子偕臧⑤。

注释

①蔓：通“曼”，蔓延。②漙（tuán）：通“团”，露水凝聚成水珠。③清扬：眉目清秀。④瀼（ráng）：露水浓的样子。⑤偕臧：都满意。

译文

野地蔓草多又长，团团露珠沾叶上。有位美丽好姑娘，

眉清目秀真漂亮。不期此处碰见她，正合我意心舒畅。

野地蔓草绿汪汪，叶上露珠明晃晃。有位美丽好姑娘，

眉清目秀真漂亮。不期此处碰见她，真是情愿合两厢。

赏析

本诗是一首青春的恋歌，描写了一位男青年在田野里与自己的恋人不期而遇，两情相悦，相依相偎的情景，表现出主人公无限喜悦的心情。

诗以蔓草如茵的田野为背景，这里绿草葱茏，到处欣欣向荣，充满了生机。在景色如此秀丽的田野上，主人公邂逅了一位美丽的姑娘，她浑身散发着青春的力量，一双眼睛秋波荡漾，就像那草叶上闪烁的露珠一样让人怜爱。原来她正是主人公朝思暮想的心上人，今天竟然在此相逢，这怎能不让小伙子心潮澎湃呢，姑娘的心里此刻更是惊喜不已。两颗年青火热的心已经燃烧起来了，两人便在草丛间相互依偎，情意绵绵。

本诗非常巧妙地把写景与抒情结合起来了，景色不仅为叙事和抒情提供了背景，还为它们奠定了感情的基调。绿草如茵

的田野生机一片，各种植物尽情地释放着生命的力量。当人置身于这样的场景中，尤其是充满青春活力的青年男女身处此种环境中会怎么样呢？自然会触景生情，渴望释放青春的力量。露珠的描写就更巧妙了：一方面它晶莹剔透，与姑娘秋波荡漾的双眸构成了隐喻关系；另一方面，露珠在古代还常常被用来暗喻男女间云雨之欢，在诗中它正是暗喻了这对青年男女在邂逅之后，两情相悦，情意绵绵的情事。但诗人表现得是那样含蓄，那样充满诗意，让读者感觉不到一丝的色情成分。这正是露珠这个意象在本诗中的妙处，它就像这首诗的眼睛一样，全诗的情思、神韵都全在它身上。

溱洧

溱①与洧②，方涣涣③兮。士与女，方秉④蕑⑤兮。女曰："观乎？"士曰："既且。""且⑥往观乎？洧之外，洵訏⑦且乐。"维士与女，伊其相谑，赠之以芍药。

溱与洧，浏⑧其清矣。士与女，殷其盈兮。女曰："观乎？"士曰："既且。""且往观乎？洧之外，洵訏且乐。"维士与女，伊其将谑，赠之以芍药。

注释

①溱（zhēn）：古水名。源出河南省密县东北，东南流与洧水汇为双洎河，东流入贾鲁河。②洧（wěi）：古水名。源出河南登封市阳城山，东南流至新郑市与溱水合，至西华县入颍水。③涣：水流盛大的样子。④秉：执，拿。⑤蕑（jiān）：草名。生在水边的泽兰。当地当时习俗，以手持兰草，可祓除不祥。⑥且（cú）：通"徂"，往，

去。⑦订（xū）：这里用为宽广之意。⑧浏：古通“漻”。这里用为水深而清澈之意。

◇译文◇

溱河长来洧河长，三月河水正上涨。小伙姑娘水边走，手执泽兰求吉祥。姑娘说：“看看去？”小伙道：“已逛过。”再陪我去走一趟？瞧那洧水河滩外，实在宽大又欢畅。小伙姑娘共春游，尽情逗乐喜洋洋，互赠芍药诉衷肠。

溱河长来洧河长，三月河水多清亮。小伙姑娘来春游，熙熙攘攘成对双。姑娘说：“看看去。”小伙道：“已逛过”。再去看看又怎么样？瞧那洧水河滩旁，实在宽大又欢畅。小伙姑娘共春游，尽情逗乐喜洋洋，互赠芍药情意长。

◇赏析◇

这是描写郑国三月三上巳节青年男女在溱水和洧水河旁游春的诗。根据史料记载：当时郑国的风俗是三月上巳节的时候，人们共聚溱水和洧水河畔，招魂续魄，祓除不祥。对那些情窦初开的青年男女来说，祓除不祥的风俗已让位于青年男女的游春，上巳节正是一个相亲约会的好季节。本诗描写的正是这样一对青年男女在上巳时节，结伴而行，观赏春色，互诉衷肠的情景。诗中借一对青年男女的对话，描述了一群青年男女成双成对在溱洧河畔漫游、嬉笑、打闹的场景，好一幅上巳郊游图。

全诗共分二章，仅换数字，采用了回环往复的叠章式。“溱与洧，方涣涣兮。”“涣涣”二字即为传神，写出了暮春时节人们的感受：春风骀荡、落英缤纷、春汛时至，世界充满了生机。春天已经降临中原大地！在这幅春意盎然的风景画中，人自然是最不可或缺的了："士与女，方秉蕑兮。"人们蛰伏了一个严冬，当春回大地的时候，人们脱下严实的棉衣，穿上轻便的单鞋，到野外，到水滨，去享受美好的春光。手执一束嫩嫩的兰草，便是这春游的收获。据《本草纲目》记载："蕑，即今省头草。"蛰伏了一个冬天的人们，感觉浑身都像在冬眠没睡醒一样，头脑也是沉沉的，拿这蕑 把头一洗，顿感清爽宜人。因此，在这里蕑成了春天的象征。"招魂续魄，袚除不祥"，似乎带有些神秘色彩，其精神内核应是告别肃冬，喜迎新春。年青的"士与女"，他们的祈愿除了通常的"招魂续魄，袚除不祥"之外还有一个重要内容，那就是爱情，大自然的春天已经如期而至了，而自己生命的春天也刚好来临。于是祈福的上巳节对这些年轻人而言就又成了情人节，他们趁机沐浴一下爱情的春风。这样诗的内容就来了一个由记载风俗到描写爱情的大转折。诗人则巧妙地利用了"士""女"的相同字面：前层的"士与女"是泛指，后层的"士""女"则是确指，指人群中具体的一对青年男女。这样就完成了从一般到个别的转变，具有了典型的意义。二人的对话写得也很有情趣。姑娘要小伙子陪她去河边，小伙子不解风情憨憨地说我已经去过了。姑娘有点儿生气，但是又不好发作，只好撒一个娇："你就不能再陪我去转一趟了吗？你看那河边多么宽敞，多少人在那边浪漫沉醉！"这是一个语言描写，同时又是一个细节描写。小伙子的憨，姑娘的娇都被诗人活脱脱地描绘了出来。后一句又是总述，写出了青年男女互相以象征热烈爱情的芍药来赠答，以表达爱意的场景。

诗中有人、有物、有声、有色，有描述场景的宏观镜头，也有微观的特写镜头。画面内的内容绘声绘色，画面外的内容则要发挥读者的想象力，去玩味，去体会。这是一首难得的好诗。

齐风

齐，本是西周初姜尚的封国，后又兼并些小国，是春秋时期的一等大国，其领土大致包括今山东的昌潍、临沂、惠民，德州、泰安等地区以及河北沧州地区的南部。“齐风”就是这个区域的诗歌。

鸡鸣

“鸡既鸣矣，朝①既盈矣。”“匪鸡则鸣，苍蝇之声。”
“东方明矣，朝既昌②矣。”“匪东方则明，月出之光。”
“虫飞薨薨③，甘与子同梦。”“会④且归矣，无庶⑤予子憎。”

注释

①朝：上朝。②昌：盛多的样子。③薨（hōng）：象声词。表示嘈杂声。④会：朝会。⑤庶：庶几，带有希望的意思。无庶是庶无的倒文。

译文

“公鸡已经打了鸣，早朝上已满是人。”“这不是公鸡在打鸣，而是苍蝇嗡嗡声。”

“东方已亮天大明，早朝已经很繁盛。”“这不是东方已放亮，而是那月亮的光。

虫子齐飞叫嗡嗡，情愿与你再同梦。”“早朝结束都回家啦，别人说你也不怕。”

赏析

本诗与《郑风·女曰鸡鸣》极其类似，都是写妻子在劝丈夫早起，不要误了事情。而丈夫却赖在床上不愿起来，还找种种借口，插科打诨，具有很强的喜剧效果。与《郑风·女曰鸡鸣》不同的是本诗的男主人公是一位贵族，早上起来要上朝，而前者的男主人公是一位庄户人家，早上起来要为马上来临的祭祀去打猎，准备供品。《郑风·女曰鸡鸣》中主要是妻子的话，丈夫只有一句。而本诗则是你一言，我一语。本诗的语言也更具喜剧效果。

全诗三节是以时间为顺序推进的。第一章是当天将要明的时候，已经鸡鸣三遍了，妻子催丈夫起床去上朝。为了催醒丈夫，妻子吓唬他说朝上已经到很多人了，意思是你再不起床可就来不及了。丈夫回答说那不是鸡打鸣，是苍蝇嗡嗡叫的声音。鸡鸣声和苍蝇的嗡嗡声区别太明显了，显然丈夫在这里是在耍赖不愿意起床。第二章是天已经破晓，屋子里都可以看到光亮的时候。妻子再一次催促丈夫起床，说是早朝的人已经很多，很热闹了。丈夫再一次耍赖说那不是天亮了，是月光照进屋子了。第三章丈夫终于先发话了：“其实我何尝不知道天亮要上朝呢，只是舍不得你，想和你多温存一会儿。”妻子无奈地说：“人家早朝都回来了，你还赖在床上不起来。到时候上朝迟到了，遭到别人的批评不要怨我没叫你。”

看来要当一个贤良的妻子还真是不容易，即便是睡在床上也要为自己的丈夫操心。怕他上朝迟到遭人指责，又怕催他起床惹恼了他。丈夫的语言充满喜剧性，为了贪恋枕衾，为不起床找借口，竟然把鸡鸣声说成是苍蝇的嗡嗡声，把曙光说成月光。通过这样插科打诨的语言，让我们看到了一个幽默滑稽而又可爱的丈夫。嫁给这样的丈夫，妻子只能是又喜又气了，喜是因为丈夫的幽默让人忍俊不禁，气的是丈夫连起床早朝这样的事情都要老婆来催。但是其实嫁给这样的丈夫最幸福了，因为丈夫疼爱自己，丈夫的迟迟不愿意起床还不是因为想和自己多亲热一会儿。本诗留给人们印象最深的就是对话的精彩了。

东方之日

东方之日兮，彼姝者子，在我室兮。在我室兮，履[①]我即[②]兮。

东方之月兮，彼姝者子，在我闼[③]兮。在我闼兮，履我发[④]兮。

注释

①履：踩，这里用为登上位置之意。②即：通“膝”。③闼（tà）：门内。④发：指脚。

译文

东方旭日升起来，那位女子真美丽，她就在我内室里。她就在我内室里，踩到我的膝盖啊。

东方月亮升起来，那位女子真美丽，她就在我房门内。她就在我房门内，踩到我的脚趾啊。

赏析

这是一首男子在与美丽的女子幽会时所唱的欢快的歌。诗歌以东方旭日的光芒，以及晚上月亮皎洁的光芒来比兴女子的光彩照人。这位美丽的女子终于来到自己的家门，男主人高兴得手舞足蹈，不知如何形容！朝思暮想的相思之苦终于消散了，迎来的是这位心上人与自己近距离的亲密接触。于是，两个热恋之中的人儿，你依我靠地，亲昵地做着各种动作，来表达深深爱意。诗中描写了两个十分细腻的动作，美丽的女子娇羞地踩了诗人的膝盖和脚趾。这种似乎有些挑逗，又十分亲密的动作，正是两个恋人之间幸福与甜蜜的写照。由此，我们还可以想象出他们是如何的相亲相爱。这样美好的时刻真是一刻千金，两个相爱的人岂不要好好地珍惜和把握。因此，诗人不断地吟唱道："在我室兮""在我闼兮"，这种抑制不住的喜悦心情，由此可见一斑。

这首诗歌确实是一首十分动人、甜蜜而又暧昧的幽会情歌。诗中男女主人公的举动大胆而亲密。也许这种亲密的举动被后世许多满嘴仁义礼教的人所不耻，并被斥为"淫诗"，但是比起现代人对于爱情的开放程度来讲，这已经是十分"保守"了。人的感情是自然而本能的，特别是对于这样一对热恋之中的情人，这种踩了膝盖和脚趾的动作，也不足为奇。反而，二人行为是对自然生命、自然人性的一种讴歌、赞美。而本诗以旭日和明月的光芒，来比喻女子的美丽，对后世的文学创作影响深远。

甫田

无田①甫②田，维莠③骄骄。无思远人，劳心忉忉。

无田甫田，维莠桀④桀。无思远人，劳心怛怛。

婉兮娈兮，总角丱⑤兮。未几见兮，突而弁⑥兮。

注释

①田（diàn）：通"畋"，耕种。②甫：大。③莠（yǒu）：植物名。生长在庄稼中间影响庄稼生长的杂草。④桀：通"揭"，高举的

意思。⑤丱（guàn）：形容儿童束发成两角的样子。⑥弁（biàn）：古时男子年满二十加冠称弁，以示成年。

译文

不要耕种大块田，大块田里莠草长。不要思念远方的人，思念只会添忧伤。

不要耕种大块田，大块田里莠草高。不要思念远方的人，思念只会添苦恼。

温顺小孩多可爱，两支小辫扎起来。没过多久不见面，成年帽子已戴起来。

赏析

这是一首思念远人的诗。主人公可能是一个远役人，思念自己的亲人却无法与之相见，精神非常痛苦。

诗的前两章都以不要去耕种大块田地来起兴，要自己不要去思念远人。我们知道当时实行的是井田制，大块的田地是封建领主才有的，老百姓都只能有一些小块的土地。百姓给领主种大田是很辛苦的，因为大田里的草长得很高，除草很费力气。一般身体不好的人是干不了这种重活的，所以起兴的时候就说没有力气的就不要去种大块的田地。看来诗中的主人公应当是一位生活在社会底层的贫民，熟悉给领主干农活儿的情况。但这一句只是起兴，后一句才是关键要表达的情感。正如没有力气就不要去种大块的田一样，见不到那远方的人就不要去思念他，因为这思念太痛苦了，因为精神的痛苦往往更甚于肉体的痛苦。第三章是叙述，讲述了思念的对象，原来是一位年轻人。诗人回想年轻人小的时候，很乖很温顺，扎着两个可爱的小辫子，很讨人喜爱。可是一转眼他已经长成大小伙子了，当年的两个小辫子不见了，已经戴起了象征成年人的帽子了。当年的小孩子已经长成了今天的小伙子，而诗歌中的主人公也已经慢慢衰老了。这个小孩子可能是主人公的儿子，也可能是他服役过的领主家的孩子，从诗中我们很难判断清楚。是谁的孩子并不重要，反正就是那个思念的对象。

思念给他带来的是无尽的痛苦，让他精神备受折磨。主人公口口声声说不要去思念那远方的人，实际情况却是他陷入这深深的思念当中难以自拔，因为感情又岂能遏制得住。正如宋代女词人李清照在《一剪梅》中所说的那样，“此情无计可消除，才下眉头，却上心头”。

卢令

卢令令①，其人美且仁③。
卢重环③，其人美且鬈④。
卢重鋂⑤，其人美且偲⑥。

注释

①卢：黑毛猎犬。令令：即“铃铃”，猎犬颈下套环发出的响声。②其人：指猎人。③重（zhòng）环：大环套小环。④鬈（quán）：勇壮。⑤重鋂（méi）：一个大环套两个小环。⑥偲（cāi）：多才多智。

译文

黑犬颈圈叮当响，猎人英俊又善良。

黑犬脖上套双环，猎人英俊又勇敢。

黑犬脖上环套环，猎人英俊又能干。

◇赏析◇

这关于本篇诗旨，《诗经注析》采用朱熹《诗集传》说法：赞美猎人的诗。

春秋时代，人们爱好田猎。反映在国风中，有《驺虞》《叔于田》《大叔于田》及此篇。《毛诗序》："《卢令》，刺荒也。襄公好田猎，毕弋而不修民事，百姓苦之，好陈古以风焉。"后人多以《国语》《管子》《左传》《公羊传》等记载以证明之。但诗歌中称赞意味明显，纵使是描写齐襄公出猎，亦是赞美而非讥刺之。释诗经当从文本，不可囿于"变风变雅"之说，而强索诗旨。本诗采用了由犬及人、由实到虚的写法。全诗共三章，每章的第一句均以实写手法写犬；每章的第二句均以虚写手法写人，"即物指人，意态可掬"(陈震《读诗识小录》)。"令令""重环""重鋂"，是写犬，不仅描绘其貌，而且描摹其声。由此可以想见当时的情景：黑犬在猎人跟前的受宠貌和兴奋貌，猎犬在跑动中套环发出的响声等，这就从一个侧面烘托出狩猎时的气氛。陈继揆《读诗臆补》云："诗三字句，赋物最工。如'殷其雷'及'卢令令'等句，使人如见如闻，千载以下读之，犹觉其容满目，其音满耳。"对"卢令令"三字感受特深。"美且仁""美且鬈""美且偲"，则是写人，在夸赞猎人英姿的同时，又夸赞猎人的善良、勇敢和才干。这样看来，诗中所赞美的猎人，是个文武双全、才貌出众的人物，以至引起旁观者(包括作者)的羡慕、敬仰和爱戴。从感情的角度看是真实的，从当时所崇尚的民风看，也是可信的。

魏风

魏，是西周初分封的姬姓小国，故址在今山西芮城。魏风就是魏地的诗。魏诗多数应是春秋初期的作品，其中也有个别诗或早或迟。魏诗中多表现人民反对剥削和兵役的呼声，其中也有一些有识之士忧国忧时的嗟叹。

汾沮洳

彼汾[①]沮洳[②]，言采其莫。彼其之子，美无度。美无度，殊异乎公路[③]。

彼汾一方，言采其桑。彼其之子，美如英。美如英，殊异乎公行[④]。

彼汾一曲[⑤]，言采其藚[⑥]。彼其之子，美如玉。美如玉，殊异乎公族[⑦]。

注释

①**汾**：汾水，黄河支流。发源于山西管涔山，至河津市西南流入黄河。②**沮洳**（jù rù）：水边低湿的地方。③**殊**：甚，很。**公路**：掌管王公宾祀之车驾的官吏。④**公行**：掌管王公兵车的官吏。⑤**曲**：水湾曲处，指河湾。⑥**藚**（xù）：泽泻草，生在浅水中，可食。⑦**公族**：官名，管理宗族事务的人，多以贵族子弟充任。

译 文

那汾水河边低洼处，我采莫菜忙得欢。心中那个人儿啊，他的美啊无法比。他的美啊无法比，绝不同于那官员。

那汾水河边低洼处，我采桑叶忙不停。心中那个人儿啊，他的美啊比花艳。他的美啊比花艳，绝不同于那军官。

那汾水弯弯地流过，我采藚叶真快活。心中那个人儿啊，他比玉啊美得多。他比玉啊美得多，绝不同于公子哥。

赏 析

这是一首姑娘赞美心上人的歌儿。诗中描绘了一幅十分清丽优美的画面，在那弯弯流淌的汾水河边，有一位勤劳活泼的姑娘在劳动。她在劳动中想到了自己的心上人，所以一边忙活着，一边唱着甜美的歌儿，那是对心上人美丽的赞歌！莺莺婉婉，十分动听！美妙的歌声传递出姑娘甜滋滋的心情！姑娘称赞心上人的美简直无法比，胜过那花儿的娇艳，比那璞玉更纯洁！而这种美绝不同于王宫里的那些官员和贵族的公子哥儿！诗人的这种眼光很是特别。有多少的姑娘幻想着嫁给贵族公子哥儿，享受贵妇生活。这位姑娘却只爱自己的心上人，鄙夷那些公子哥儿。这似乎有些令人难解！其实作为一个普通的老百姓，这位姑娘只想拥有自由的爱情。而王宫里的贵族子弟却有许多令人厌恶的恶习，所以姑娘在赞美自己心上人如何美的同时，也是在拿他们进行对比。心上人比花美，恰恰暗讽“公族”的丑陋；心上人比璞玉纯洁，暗喻“公族”的猥亵和肮脏。因此，两者才会如此不同。

本诗语言朴实，表情自然。表现了劳动姑娘们纯真的心灵，以及对自由爱情追求的坦率。诗人对心上人的赞美越多，对公族的厌恶就越甚。这种对比十分鲜明，姑娘爱憎分明的性格展露无遗。

十亩之间

十亩[①]之间兮，桑者闲闲兮[②]，行[③]与子还兮。

十亩之外兮，桑者泄泄[④]兮，行与子逝[⑤]兮。

注释

①**十亩**：非确数，这里指桑林之地。②**桑者**：采桑的人，此处指采桑女。**闲闲**：从容自得的样子。③**行**：将。④**泄泄**（yì）：十分悠闲的样子。⑤**逝**：往，回去。

译文

十亩桑林丛中啊，采桑女子从容而悠闲，我将和你把家还啊！

十亩桑林外边啊，采桑女子悠闲而自得，我将和你赶回家啊！

赏析

这是一首采桑女子劳动后结伴归来所唱的歌。诗歌十分简短，只有两章，共六句，却为我们描绘出一幅十分清新恬淡的田园风光。那是一个傍晚，夕阳斜照，余晖透过青翠的桑叶照进了桑树林。劳累了一天的采桑女子们准备收工回家了。这时，她们呼唤着桑林中的姐妹们，大家悠闲地迈着步伐，高兴地唱起歌儿，回家去了！霞光映照着桑女们的脸颊，愈衬出她们脸上红润的光泽和风采。悠闲的脚步，像那轻盈的舞步；桑女们摇曳着裙摆，显得婀娜多姿！远处的农舍里已经开始升起袅袅炊烟！桑女们的身影渐渐远去，但是悠扬的歌声却仿佛还飘荡在桑树林中！

这首诗歌写的是桑女采桑劳动后结伴回家的情景，虽然描写的笔触不多，但营造的意境却很恬静优美。诗中没有反映出桑女们劳动有多么的辛苦，而是着重写她们劳动结束时的轻松和闲适。这首诗歌所营造的意境，与田园诗人陶渊明笔下“晨兴理荒秽，戴月荷锄归”所表现的劳动后悠闲自得归来的情趣，有异曲同工之妙，给人舒适而陶然自得的享受！

伐檀

坎坎伐檀兮，置之河之干兮，河水清且涟猗。不稼不穑，胡取禾三百廛①兮？不狩不猎，胡瞻尔庭有县貆②兮？彼君子③兮，不素餐兮！

坎坎伐辐④兮，置之河之侧兮，河水清且直⑤猗。不稼不穑，胡取禾三百亿⑥兮？不狩不猎，胡瞻尔庭有县特兮？彼君子兮，不素食兮！

坎坎伐轮兮，置之河之漘⑦兮，河水清且沦猗。不稼不穑，胡取禾三百囷兮？不狩不猎，胡瞻尔庭有县鹑兮？彼君子兮，不素飧⑧兮！

注释

①**胡**：为什么。**禾**：谷物。**廛**（chán）：古代一家所居的房地。②**瞻**：向前或向上看。**县**（xuán）：通“悬”，悬挂。**貆**（huán）：猪獾。③**君子**：此系反话，指有地位有权势者。④**辐**：车轮上的辐条，这里指用来制作辐条的檀树。⑤**直**：水流平直。⑥**亿**：束，捆。⑦**漘**（chún）：水边。⑧**飧**（sūn）：熟食，此泛指吃饭。

译文

叮叮当当砍檀树啊，把它放在河岸边啊，河水清清起波纹哟。既不播种也不收割，为何三百捆稻往家搬？从来不去山上打猎，为何见你庭院挂猪獾？那些贵族大老爷啊，从来不会白吃饭啊！

叮当砍树做车辐啊，把它放在河旁边啊。河水清清顺直流哟。既不播种也不收割，为何三百捆稻独自取？从来不去山上打猎，为何见你庭院挂大兽？那些贵族老爷啊，从来不会白吃饭啊！

叮当砍树做车轮啊，把它放在河水边啊。河水清清起波纹啊。既不播种也不收割，为何三百捆禾要夺走啊？从来不去山上打猎，为何见你庭院挂鹌鹑啊？那些贵族老爷啊，从来不会白吃饭啊！

赏析

这是一首伐木的农奴对不劳而获的贵族老爷们的控诉之歌，在当时的奴隶社会里，这种不平等的现象很普遍，有人整天辛劳却不得享福，有人整日无所作为却能享福！而这些只享福不做事的贵族老爷们的舒坦日子，是建立在对劳苦大众盘剥之上的！在这种不合理的阶级压迫下，诗中那些伐木的农奴们对于自己的处境已经有了清醒的认识，这表明了他们的自我觉醒意识。

全诗共三章，每章开头都是描写伐木的劳动场面。一群衣着褴褛的伐木工，在山上辛勤的砍伐高大的檀木树。砍好了还要把它们拖到河岸边，让它们顺着河堆放。这些砍伐下来的檀树不是为了给自己搭建屋梁，而是给贵族驾的马车做车轮、做辐条。在沉重而单调的砍伐劳动中，他们看到了清清的泛着波纹的河水，于是心中产生无限悲凉！慨叹自己的命运如此不幸，所受到的剥削如此巨大！伐木工回想起平日里那些可憎的贵族老爷们，从来不下田去耕种和收割，却恬不知耻地将自己辛辛苦苦收割好的稻一捆一捆往家里搬；那些贵族老爷们从来不上山去打猎，却见他们的庭院里挂满了各种野兽和飞禽。这分明是强取掠夺嘛！诗歌每章的最后一句都用诘问，诗人讽刺那些贵族老爷们从来不会白吃饭！这是反语，实际上是在谴责他们坐享其成、不劳而获的丑陋行径！这是一种令人愤怒的剥削压迫！但是，无奈作为社会最底层的奴隶们，他们无力反抗贵族们的剥削和压迫，只能用这种歌唱的形式来抒发心中的不满和怨恨！

这首诗在形式上有长句和短句，突破了传统的四言句式，被人们誉为“长短句”之祖。诗歌三章重章叠唱，加深了艺术感染力。诗中象声词的运用十分成功，“坎坎伐檀兮”，读起来朗朗上口，节奏感很强，富有韵律美！

硕鼠

硕鼠硕鼠①，无食我黍！三岁贯汝②，莫我肯顾。
逝将去女③，适彼乐土。乐土乐土，爰④得我所。
硕鼠硕鼠，无食我麦！三岁贯汝，莫我肯德⑤。
逝将去女，适彼乐国。乐国乐国，爰得我直⑥。
硕鼠硕鼠，无食我苗！三岁贯汝，莫我肯劳⑦。
逝将去女，适彼乐郊。乐郊乐郊，谁之永号⑧？

注释

①**硕鼠**：硕鼠，又名田鼠。②**贯**：侍奉。③**逝**：读为誓。**去女**：言离去。④**爰**：乃、就。⑤**德**：感德、感激。⑥**直**：通“值”。⑦**劳**：慰问。⑧**永号**：长声呼号。

译文

大老鼠呀大老鼠，不要吃我种的黍！多年辛苦养活你，我的生活你不顾。发誓从此离开你，到那理想新乐土。新乐土呀新乐土，才是安居好去处！

大老鼠呀大老鼠，不要吃我大麦粒！多年辛苦养活你，拼死拼活谁感激。发誓从此离开你，到那理想新乐邑。新乐邑呀新乐邑，劳动价值归自己！

大老鼠呀大老鼠，不要吃我种的苗！多年辛苦养活你，流血流汗谁慰劳。发誓从此离开你，到那理想新乐郊。新乐郊呀新乐郊，有谁去过徒长叹！

赏析

《硕鼠》是魏国的民歌，据《毛诗序》说："硕鼠，刺重敛也。国人刺其君重敛，蚕食于民。不修其政，贪而畏人，若大鼠也。"它和《伐檀》一样，都是反剥削反压迫的诗篇。所不同的是，《伐檀》责问剥削者用的是直呼其名的方式，《硕鼠》则用比喻以刺其政。不但有愤怒，且立意在反抗，指归在动作，奴隶们在不堪忍受奴隶主剥削和压迫的情况下，准备远走逃亡。奴隶制社会后期，大量的奴隶逃亡，曾是促使奴隶制解体的重要原因之一。更为可贵的是，《硕鼠》提出了建立"乐土""乐国"的美好理想，试图寻找一个没有剥削、没有压迫、人与人平等的社会，这虽然在当时根本不存在也根本不可能达到，但毕竟比《伐檀》单纯的指责前进了一大步，可以看作是早期"乌托邦"思想的萌芽。

唐风

唐，是周成王弟叔虞的封国，其子燮（xiè）改国号为晋。统治区大致包括今山西的太原以南、汾（fén）水流域的一带地方。“唐风”就是这个区域的诗歌。

扬之水

扬①之水，白石凿凿②。素衣朱襮③，从子于沃④。既见君子⑤，云⑥何不乐？

扬之水，白石皓皓⑦。素衣朱绣⑧，从子于鹄⑨。既见君子，云何其忧？

扬之水，白石粼粼⑩。我闻有命⑪，不敢以告人。

注释

①**扬**：悠扬，水缓缓流淌的样子。②**凿凿**：鲜明的样子。③**朱襮（bó）**：红边的衣领。④**于**：往。**沃**：曲沃，地名，在今山西闻喜县东北。⑤**君子**：指桓叔。⑥**云**：语气助词。⑦**皓皓**：洁白的样子。⑧**绣**：红领上绣的花纹。⑨**鹄**：通“皋”，邑名，即曲沃。⑩**粼粼**：清澈的样子。⑪**命**：成命。

译文

河水悠扬地流淌，水底白石明晃晃。白衫红领那个人，我跟随你到曲沃。已经见到了桓叔，心里怎能不高兴？

河水悠扬地流淌，水地白石很洁白。白衫红绣那个人，我跟随你到皋城。已经见到了桓叔，心中还有啥忧愁?

河水悠扬地流淌，水底白石清澈见。听说桓叔有成命，不敢把这告他人。

赏析

这是一首告密的诗。据《左传》记载，昭侯元年（前745），晋昭侯封他的叔父成师于曲沃，号为桓叔。昭侯七年，晋大夫潘父与桓叔密谋内外接应，发动政变。这次政变没有成功，桓叔败归曲沃，但昭侯却被杀死。本诗可能作于潘父与桓叔密谋之时，作者或许是一位知情者，他跟着桓叔到了曲沃，但是又身在曹营心在汉，于是便采用诗歌的形式暗中向昭侯告密。

本诗每章都以“扬之水”起兴，兴中含比，暗喻晋昭侯王权衰微，不能制伏桓叔而转封其到曲沃，使其更加强大。这就像用水来冲石头，不但没有冲走它，反而把它冲洗得更干净、鲜亮、洁白。“白石凿凿”“白石皓皓”以及“白石粼粼”暗喻桓叔到曲沃之后力量没有丝毫减弱，反而更加强大了。“素衣朱襮”和“素衣朱绣”都是用来描写潘父的。这些服装本来是诸侯才能穿的，潘父却穿了起来，其反叛之心可谓昭然若揭。作者跟随潘父来到了曲沃，见到了桓叔。“云何不乐”和“云何其忧”是描述潘父见到桓叔时的情景，两人一拍即合。“我闻有命，不敢以告人”是此地无银三百两的说法，“不敢以告人”之语正是告人之语。因为作者作此诗的目的就是暗中揭发潘父与桓叔密谋造反的真相。诗的最后两句在流传中散佚，具体是什么内容，已无从可考。但我们可以推测出一定是进一步暗示桓叔与潘父密谋造反之事的。

《诗经》中共有三首《扬之水》，分别出现在《王风》和《郑风》当中，三首诗都以“扬之水”起兴，可见在当时“扬之水”被运用到很多诗的兴句当中。虽然三首诗内容各不相同，但感情基调很相近，都造成了一种沉闷哀怨的气氛。

绸缪

绸缪束薪[1]，三星[2]在天。今夕何夕，见此良人[3]？子兮子兮，如此良人何？

绸缪束刍[4]，三星在隅[5]。今夕何夕，见此邂逅[6]？子兮子兮，如此邂逅何？

绸缪束楚，三星在户[7]。今夕何夕，见此粲[8]者？子兮子兮，如此粲者何？

注释

①**绸缪**：紧紧缠绕，捆束。**束薪**：捆柴火，喻夫妇同心，情意缠绵。②**三星**：即参星，主要由三颗星组成。③**良人**：古代妇女对丈夫的称呼。④**刍（chú）**：结婚时用来喂迎亲马匹的草料。⑤**隅**：指天空的东南方。⑥**邂逅**：本义为会合，这里指可爱的人。⑦**户**：房门。⑧**粲**：美人，指新娘。

译文

紧紧缠绕捆好柴，天上三星亮晶晶。今夜究竟是何夜？

见到这样好新郎。你呀你呀新娘子，要把新郎怎么样？

紧紧缠绕捆好草，三星闪烁东南边。今夜究竟是何夜？

见到这对可爱人。你啊你呀小两口，要把对方怎么爱？

紧紧缠绕捆好荆，天边三星照房门。今夜究竟是何夜？

见到这样的美人。你呀你呀新郎官，要把美人怎样疼？

赏析

这是一首祝贺新婚的诗歌。在新婚之夜，众亲友们齐聚婚宴，以调笑、诙谐的方式，来祝贺新婚的夫妇。这种喜庆、欢乐的祝贺场面，体现出浓浓的生活气息和感染力。诗歌的描写场面，大概就是今人所谓的闹洞房，正如陈子展先生所言："此后世闹新房歌曲之祖。"

全诗充满着热闹、喜庆的欢乐气氛，使人如置身其中。诗中以紧紧缠绕捆绑的柴火比喻新婚夫妇永结同心，情意绵绵。又以三星在天空中位置的转移，从正当中天到东南方再到房门上，来暗示婚庆时间的不断推移，时间之长。诗中用问句来表现人物的心理特征。诗歌首章戏新娘，客人戏问新娘子今天是个什么日子，竟然能够见到如此好新郎，又要对新郎怎么样？宾客的这些问话大胆而直白，诗中虽然没有直接写新娘子如何回答。但是，从问话中我们可以想象出，新娘子娇羞、忸怩的模样和心里甜蜜但不好意思说出口的娇态。第二章是戏弄新婚夫妇二人。为了把婚庆的气氛营造得更浓烈，宾客们直露地问新婚夫妇要怎么度过这良宵呢？这时我们不禁会想象到这对夫妇面对众人的起哄，含情脉脉的双眼对视了一下，又低头默语的幸福神态。

诗歌末章则是戏新郎。客人们问新郎要怎么来疼美丽的新娘子啊？众人都很艳羡新郎官的好运，如此不戏弄一下新郎官岂不便宜了他！

这首诗歌描写了喜庆、热闹的新婚之夜，表现了祝贺新婚人们的活泼、直率，以及新婚夫妇的绵绵情意。诗人细腻地揣度出新人的心理特质，并用简洁的语句表现出来，是这首诗歌的一大成功。而诗歌每章皆用问句收尾，省去了新人回答的内容，给人意味深长之感，不愧是一首闹新房的喜歌。

羔裘

羔裘①豹祛②，自我人居居③！岂无他人？维子之故④。

羔裘豹褎⑤，自我人究究⑥！岂无他人？维子之好⑦。

注释

①**羔裘**：羊羔皮袍，卿大夫朝服。②**祛**（qū）：袖口。**豹祛**：镶着豹皮的袖口。③**居**（jù）：通“倨”，傲慢无礼。④**维**：惟，只。**故**：旧。⑤**褎**（xiù）：通“袖”。⑥**究究**：指态度傲慢的样子。⑦**好**：喜欢。

译文

羊羔皮袍豹皮袖，对我们却傲慢无礼。难道没有别的人？只能与你来相好。

羊羔皮袍豹皮袖，对我们却傲慢无礼。难道没有别的人？只能把你来喜欢。

赏析

这是一首讽刺卿大夫对人民傲慢无礼的诗歌。全诗只有两章，每章前两句写卿大夫身着华服却傲慢无礼的样子，后两句是诗人的自问自答，表现对卿大夫的不屑。

这位卿大夫穿着豹皮袖口的羊羔袍，可谓雍容庄重；但却摆出一副盛气凌人、傲慢无礼的模样。表面光鲜，内心丑陋的卿大夫，让广大百姓深感厌恶与不耻。别以为你有什么了不起的，诗人自问道：难道就没有别的人，只能与你来相处，对你恭敬，对你爱戴？诗人言下之意，即离开了你，我们就没有活路吗？这虽是以诗人为代表的劳动人民的心声，但是在当时卿大夫位高权重，可以任意处置百姓。无论逃到哪里，都逃不出统治者的势力范围，摆脱不了被奴役和压迫的命运。因此，诗人只能在内心里抒发自己的愤慨和不满，以此来排解心情。虽然命运难以抗拒，但是诗中表现出了劳动人民对统治阶级的反抗情绪，以及自我意识的不断觉醒。这与《伐檀》里所表现的反抗压迫的自我觉醒意识是一样的，只是表达的方式不同而已。

有杕之杜

有杕之杜[①]，生于道左[②]。彼君子兮，噬肯适我[③]？中心好之[④]，曷饮食之[⑤]？

有杕之杜，生于道周[⑥]。彼君子兮，噬肯来游？中心好之，曷饮食之？

注释

①**杕**（dì）：树木孤生独特。**杜**：杜梨，又名棠梨。②**道左**：道路左边，古人以东为左。③**噬**（shì）：语气助词。**适**：到，往。④**中心**：心中。**好**：爱。⑤**曷**：通“盍”，何不。**饮食**：喝酒吃饭。⑥**周**：通“右”。

译文

杜梨树啊真孤单，长在大路的左边。那个心上人啊，可愿到我这儿来做伴？心中爱着他呀，何不请他来喝酒吃饭？

杜梨树啊真孤单，长在大路的右边。那个心上人啊，可愿到我这儿来游玩？心中爱着他呀，何不请他来喝酒吃饭？

赏析

这是一首少女对心中所爱之人唱出的相思之歌。诗中以大路两旁孤独生长的杜梨树起兴，杜梨树长于偏僻之处，果实又小而酸涩，向来被人冷落。诗人以杜梨树的孤零零来比喻爱人不在身边的孤独之状，很是贴切。我们又可设想，诗人站在路中间，来回地望着路两边，心中焦急地等待着心上人的出现，这种急切渴望的心情可见一斑！诗人睹物思人，不禁在心中呼喊：我的心上人啊，你可愿意到我这儿来做伴，和我一起游玩？可见，诗人对爱人的思念急切、深切。诗人心中充满对心上人的无限爱意，忍不住自言自语道，为何不请他来喝酒吃饭呢？多么美好的遐想，多么诚挚的感情，多么深情的少女啊！诗人沉浸在自己甜蜜的遐想中，心中充满幸福之感。

这首诗歌以刻画人物的心理见长，诗中以细腻的笔触描述了诗人心中情感的变化。道路两旁孤零零的杜梨树，是诗人心中孤独、落寞的比喻；诗人对心上人热情邀约的发问，是她对美好爱情的憧憬和渴望；诗歌最后“中心好之，曷饮食之”是诗人真挚感情的流露，心中难抑的绵长思念的倾诉。诗人的心情，由最初的落寞到急切的盼望，到最后的慢慢纾解变得欢快。这位强烈思念心上人的少女形象，活脱脱地呈现在我们眼前！

葛生

葛生蒙楚①，蔹蔓于野②。予美③亡此，谁与？独处。

葛生蒙棘④，蔹蔓于域⑤。予美亡此，谁与？独息。

角枕粲兮⑥，锦衾烂兮⑦。予美亡此，谁与？独旦⑧。

夏之日，冬之夜⑨。百岁之后⑩，归于其居⑪。

冬之夜，夏之日。百岁之后，归于其室。

注释

①**葛**：葛藤。**蒙**：覆盖。**楚**：荆树。②**蔹**（liǎn）：草名，攀援性多年生草本植物。**蔓**：蔓延。③**予美**：古代妇女称丈夫为美，犹称良。④**棘**：酸枣，有棘刺的灌木。⑤**域**：坟地。⑥**角枕**：牛角做的枕

头。粲：通“灿”，鲜丽华美的样子。⑦**锦衾**：锦做的被褥，用于敛尸。**烂**：灿烂。⑧**旦**：天亮。**独旦**：独处到天亮。⑨**夏之日，冬之夜**：夏之日长，冬之夜长，言时间长也。⑩**百岁之后**：指死后。⑪**其居**：亡夫的墓穴。末句“其室”同此。

译文

葛藤生长覆荆树，蔹草蔓延在野地。我的爱人葬在这，谁伴我？我独自居住！

葛藤生长覆丛棘，蔹草蔓延在坟地。我的爱人葬在这，谁伴我？我独自休息！

牛角枕头明灿灿，锦缎被子色斑斓。我的爱人葬在这，谁伴我？独自到天明！

夏季天长度如年，冬季夜长苦难熬。死后与你同归宿，你我相会在墓中。

冬季夜长苦难熬，夏季天长度如年。死后与你同归宿，你我相会在墓中。

赏析

这是一首妻子悼念已故丈夫的诗歌。诗中表达了妻子对丈夫深切的思念，悲恸的心情，以及愿意与丈夫在黄泉之下长相厮守的衷愿。

诗的前两章结构基本相同，每章的前两句都是兴句，描写的都是坟地的情景。坟地里杂草丛生，尤其是一些蔓生植物生长的分外茂盛。作品中的女主人公看到坟地便想起了自己死去的丈夫，坟地上杂草丛生表明女主人公的丈夫已经死去很久了。蔓草无情，不知道为死者感到难过，可是人却是有情的，此处是以蔓草之无情反衬人之有情。死者已经长眠地下，最痛苦的是活在世上为死者悲痛的人。一个人无人相伴，形单影只，整日想念着地下的丈夫，那情形实在是悲惨。第三章是诗中女主人公的回忆，丈夫下葬的时候头枕着牛角做的枕头，盖着色彩斑斓的敛单。“谁与？独旦”从侧面写出女主人公思念自己死去的丈夫，经常夜不能眠，足见思念之深切。最后两章写女主人公因为悲痛所以感到时间过得非常慢，最后期望在自己死后能与丈夫在九泉之下长相厮守。

这首诗可以说是悼亡诗之祖。陈澧在《读诗日累》中这样评价本诗：“此诗甚悲，读之使人泪下。”前三章抒写良人已逝、形单影只的悲哀，一唱三叹，感人泣下。后两章笔锋一转，突然写到死后愿意与丈夫同归一处。这是女主人公思念之情的进一步表达。“夏之日，冬之夜”包含了多少辛酸的眼泪。诗中没有直接的抒发女主人公心中的悲痛之情，但是我们每读一句都会感到她悲苦的心理。这就叫“含不尽之意，见于言外”。

秦风

秦，古秦国原址在犬戎（今陕西兴平东南），东周初，因秦襄公护送周平王东迁有功，开始列为诸侯，统治区大致包括今陕西中部和甘肃东南部。“秦风”就是这个区域的诗歌。在秦风中，有一种在别的风诗中少见的尚武精神和悲壮慷慨的情调。

蒹葭

蒹葭①苍苍②，白露为霜。所谓伊人，在水一方。
溯洄③从④之，道阻⑤且长；溯游⑥从之，宛在水中央。
蒹葭凄凄⑦，白露未晞⑧。所谓伊人，在水之湄⑨。
溯洄从之，道阻且跻⑩；溯游从之，宛在水中坻⑪。
蒹葭采采⑫，白露未已⑬，所谓伊人，在水之涘⑭。
溯洄从之，道阻且右⑮；溯游从之，宛在水中沚⑯。

注释

①**蒹葭**（jiān jiā）：芦苇。②**苍苍**：淡青色的样子。③**溯洄**（sù huí）：逆流向上游走。④**从**：追，追求。⑤**阻**：险阻，障碍。⑥**溯游**：沿着河水朝下游走。⑦**凄凄**：湿润的样子。⑧**晞**（xī）：干。⑨**湄**：水和草交接的地方，指岸边。⑩**跻**（jī）：登高，上升。⑪**坻**（chí）：水中的小洲或高地。⑫**采采**：众多的样子。⑬**已**：止，这里的意思是“干，变干”。⑭**涘**（sì）：水边。⑮**右**：向右拐弯，这里是（道路）弯曲的意思。⑯**沚**（zhǐ）：水中的小沙滩。

译文

河滩芦苇色苍苍，深秋白露凝成霜。日思夜想心上人，就在河水那一旁。

逆流而上去寻觅，道路险阻又漫长。顺流而下去寻觅，好像就在水中央。

霜化芦叶水涟涟，清晨露水尚未干。魂牵梦绕意中人，就在河水对岸边。

逆流而上去寻觅，道路坎坷难登攀。顺流而下去寻觅，仿佛就在沙洲间。

河畔芦苇连成片，露水将干难停留。苦苦追求心上人，就在河对岸那头。

逆流而上去寻觅，险阻曲折很难走。顺流而下去寻觅，仿佛就在水中洲。

赏析

这是一首书写思慕、追求意中人而不得的诗。本诗具有极高的艺术价值，是《诗经》中的上乘之作。

此诗三章重叠，各章各含四句：首二句以蒹葭起兴，兴中带赋，展现一幅渭河清秋图：清秋之晨，渭河上秋水浩渺，河畔间芦苇苍苍，晶莹的露水凝结成霜。这是一幅清虚寂寥之中略带凄凉哀婉色彩的渭河清秋图。自古便有伤春悲秋之论，目睹斯情斯景，谁人心中能不顿浮凄凉之感。这一句既奠定了本诗的感情基调，又为诗情的展开提供了背景。三、四句为赋，也就是叙述，描写的是抒情主人公在河畔凝望河对岸的“伊人”，一条渭河使“伊人”被阻隔。那“伊人”近在眼前，抬眼便可看见，但又远在天边，可望而不可即。抒情主人公虽望穿秋水、万般煎熬却不得相聚。诗中充满了无可奈何的心绪和落寞惆怅的情致。后四句是并列的两个层次，分别是对可望而不可即境界的两种不同情景的进一步描述。“溯洄从之，道阻且长”，是写逆流追寻时遭遇的困境：艰难险阻重重，征途漫漫无穷，最终还是不可到达。“溯游从之，宛在水中央”，这是描画顺流而下追寻时的幻象：行程虽然顺畅，但“伊人”却若隐若现，还是不可企及。这两层实际是表明无论使用什么方法或途径，那令人神乱情迷的“伊人”始终无法接近。

全诗三章，采用了重章叠句之法，反复吟咏，具有强烈的一唱三叹的艺术效果，三章之间句式相同，仅易数字。但正是这变化的几个字推动了诗情的发展。从“白露为霜”到“白露未晞”再到“白露未已”，写的是时间的推移，暗示着主人公凝望追寻时间之久；从“在水一方”，到“在水之湄”，再到“在水之涘”，从“宛在水中央”，到“宛在水中坻”，再到“宛在水中沚”，这是空间的转换，暗示着伊人的缥缈难寻；从“道阻且长”，到“道阻且跻”，再到“道阻且右”，则是反复渲染以强调追寻过程的艰难，以凸显抒情主人公锲而不舍的精神。

本诗具有极高的艺术价值，为历来研究者所称道，其艺术价值表现在以下几个方面：一、字词的妙用。首先，本诗多用叠词，如“苍苍”“凄凄”“采采”这三对修饰蒹葭的词。叠字的妙处在于状景，加强所描写景物的形象性和真实性，读其诗如睹其物。其次，有的词使用非常巧妙，如“所谓伊人”的“所谓”。“所谓”二字，表明“伊人”是常常被提及，不断念叨着的。一个朝思暮想的人突然出现在眼前会带给人怎样的惊喜啊，可是这个人又千般追求却不可得，就更增加了主人公的伤感。二、情与景的交融。情景交融是诗歌的一种高级境界，本诗堪称这方面的代表。诗中开篇的景色描写写出了一种苍茫感，这种苍茫感来源于对宇宙和生命的体悟。清冷的寒秋，总会给人带来萧瑟的感觉，会让人感到岁月易逝，人生苦短，但是宇宙运行有常，不会因为人们不喜欢秋天就不让秋天到来。这一种感触和后文描述的令作者倾慕不已的意中人却无论怎样努力追求也不可得的感受是同构的，都是人们在不可改变的现实面前的惆怅和无奈，以及更深层次的痛苦。诗中之景有虚有实，但无论是虚是实都沾染上了主人公那深沉的失望与痛苦的色彩，都是冷色调的。三、意象的空灵。本诗只有一种具体的真实，那就是主人公对美好的“伊人”可望而不可即的惆怅与苦闷，其余的东西都显得很缥缈，很难一一落实，连主人公是男是女我们都很难找到依据。但是此诗的妙处也正在于意象的空灵，每个读者可以用自己的生活体验和感受来填充它。那位“伊人”可能是一位宛若天仙的美女，也可以是一位超群绝俗的公子，我们甚至可以把它虚化为一些抽象的事物，比如爱情、自由、信仰等。印度佛教中讲人生有六种苦，最后一个，也是最大的一个苦就是“求不得”。生命中有的东西是通过努力可以追求得到的，可是还有一些东西是无论我们如何努力却也得不到的。但是越是那些追求不到的人们就越是想得到，比如绝对自由、百分之百纯洁的爱情等。生命的悲剧便因此而诞生，这种悲剧是永远也不可能改变的。可是也只有这种悲剧才是最强烈、最持久的，同时也是最感人的。这种悲剧意识便是悲天悯人的终极关怀。

晨风

鴥①彼晨风②，郁③彼北林。未见君子，忧心钦钦④。如何如何？忘我实多！

山有苞[5]栎，隰有六[6]駮[7]。未见君子，忧心靡[8]乐。如何如何？忘我实多！

山有苞棣，隰有树檖[9]。未见君子，忧心如醉。如何如何？忘我实多！

注释

①**鴥**（yù）：通"鹬"，鸟疾飞的样子。②**晨风**："鸟名，似鹞。"实为鹯也，鹞类猛禽。③**郁**：茂密。④**钦钦**：忧而不忘的样子。⑤**苞**：通"枹"，树木丛生的样子。⑥**六**：通"蓼"，修长的样子。⑦**駮**（bó）：树名，梓榆树。⑧**靡**：没有。⑨**檖**（suí）：古书上说的一种树，果实像梨而较小，味酸，可以吃。

译文

疾飞的晨风，飞进北林中。没见到君子，忧心而叹息。怎么办啊怎么办？多时就忘了我。

山有斑驳之栎树，洼有修长之李树。没见到君子，伤心难快乐。怎么办啊怎么办？何时想起我。

山有斑驳之棣树，洼有结山梨的棠梨树。没见到君子，忧心就像喝醉酒。怎么办啊怎么办，多时就忘了我。

赏析

这是一首妻子抱怨丈夫不顾家的诗。诗中主人公的丈夫是一个事业狂，整天忙于公务，冷落了家中的娇妻。年轻的妻子当然不希望自己美好的青春就在这样的寂寞和冷落中度过，所以便埋怨丈夫心中没有自己。

第一章以疾飞鹯鸟尚且知道回家（投林）为兴，鹯鸟飞行很快，但是即便如此它还知道回到自己栖息的树林中，引出了下一句对丈夫不顾家的埋怨。见不到自己的丈夫，主人公心里实在是担忧和烦恼。自己在想念丈夫的时候想到丈夫会不会也常常想起自己，显然丈夫已经很久没有向妻子表白爱意了，所以妻子不无担忧地自言自语，那个负心汉不知道多久以前就忘记我了。后两章的兴句基本相同，都是以“山有……隰有……”这种民歌中常见的句式来兴自己与丈夫的情感还不及山和隰的。“忧心靡乐”和“忧心如醉”都是表现了主人公在见不到自己的丈夫时心中的苦闷与伤感。全诗三章的意思基本是一致的，重章叠唱加强了抒情效果，使读者读罢此诗有余音绕梁，三日不绝的感觉。

经常听到人们说“一个成功的男人身后都有一个伟大的女人”，我看这话未必是真，但是如果改成“一个成功的男人身后都有一个寂寞的女人”这话肯定不假。女人一方面都希望自己的丈夫能干，在事业上能有所建树，因为夫贵妻荣，丈夫有了社会地位，妻子也能跟着沾光，可是当丈夫真正一心扑在事业上的时候，妻子心里又泛酸，感到自己被冷落了。世界就是这样矛盾，鱼与熊掌总是很难兼得的。唐代诗人王昌龄的一首《闺怨》细腻巧妙地再现了这类妇人的心理：“闺中少妇不知愁，春日凝妆上翠楼。忽见陌头杨柳色，悔教夫婿觅封侯。”只是诗体从四言的国风变成了“七绝”。

无衣

岂曰无衣？与子同袍①。王②于兴师，修我戈矛，与子同仇。

岂曰无衣？与子同泽③。王于兴师，修我矛戟，与子偕作④。

岂曰无衣？与子同裳。王于兴师，修我甲兵，与子偕行！

注释

①袍：长衣。②王：周王。③泽：贴身汗衫。④作：行动起来。

译文

怎能说没有军衣穿？和你合穿一战袍。周王兴师保边疆，修整我那戈和矛，你我仇敌是同样。

怎能说没有军衣穿？和你合穿一汗衫。周王兴师保边疆，修整我那矛和戟，你我同样来作战。

怎能说没有军衣穿？和你合穿一件裳。周王兴师保边疆，修我铠甲与兵器，你我一起去前方。

赏析

《无衣》是一首描写秦国百姓应秦王征召，相约从军，共同抗敌的歌谣。据考证，周幽王十一年，戎族入侵，攻进镐京，周王朝土地大片沦陷，秦国靠近王畿，与周王室休戚相关，便奋起反抗。此诗大概就产生于这一背景之下。秦国位于今甘肃东部及陕西一带。那里木深土厚，民性厚重质直。从《史记》和《汉书》等史料的记载来看，秦人有尚武好勇的风气，正是凭着这种民风，秦国从一个经常受到西戎侵袭的弹丸小国，发展成了一个横扫六国，一统天下的大国。秦国为了抗击西戎，百姓毫无怨言，慷慨从军，他们团结一致，同仇敌忾，体现了将士们轻死忘生的乐观精神和保卫祖国的英雄气概。

全诗共三章，采用了重叠复沓的形式。每一章句数、字数相等，句式和结构虽然是相同的，但内容和情感却是不断递进，有所发展的。如首章最后一句的“与子同仇”，表示的是情绪方面的，说的是我们有共同的敌人。第二章最后一句的“与子偕作”，作是行动起来的意思，这才是行动的开始。第三章最后一句的“与子偕行”，表明诗中的战士们即将奔赴前线共同杀敌了。每一章以“岂曰无衣”的反诘开始，大概是受到了别国的耻笑，说秦国穷得连穿的衣服都没有，还打什么仗。显然这种耻笑激起了人们的愤慨，怎么能这样看不起人呢？即使我们真的没有衣服穿，我们也一样不会屈服，而且会在战场上让耻笑自己的人看得起。“与子同袍”“与子同泽”“与子同裳”意思基本是一样的，表现了秦国将士们虽然物质条件很艰苦，但是他们很团结、很乐观、很坚毅。“修我戈矛”“修我矛戟”“修我甲兵”都是写将士们在积极地为战争作准备，从他们的这些动作我们可以看出他们对即将到来的战场厮杀充满了期待。全诗就如同一首气势雄浑的军旅歌曲一样，充满了战斗的激情和同仇敌忾的气势。这军歌重叠复沓的形式是出于乐曲的要求，这样整齐的句式才会产生强烈的节奏感，才会更加整齐、更有气势。

《无衣》在表现手法上，主要采用了“赋”和“兴”的手法。全诗基本上都是用“赋”，但是赋中又含有“兴”，以“同袍”兴“同仇”，以“同泽”兴“偕作”，以“同裳”兴“偕行”。字里行间充溢着战士间同甘共苦、生死与共、同仇敌忾之义。在这首《无衣》里隐隐约约让人感觉到秦此时已有横扫天下的气势了，正是靠着这种气势，秦国最终统一了六国，建立了一个大一统的王朝。秦国将士们这种同仇敌忾、尚武好勇的精神，我们今天从临潼兵马俑中整齐的列阵、坚毅的表情中依稀还能看到。

渭阳

我送舅氏①，曰至渭阳②。何以赠之？路车乘黄③。

我送舅氏，悠悠我思。何以赠之？琼④瑰⑤玉佩。

注释

①舅氏：舅舅。②渭阳：渭水北岸。③乘（shèng）黄：古代四马一车为乘，乘黄指四匹黄马。④琼：形容玉石的美丽。⑤瑰：美石。

译文

我为舅父送行，说要送到渭北。我以何物相赠？路车和那乘黄。

我为舅父送行，常常思念娘亲。我用何物相赠？琼瑰做的玉佩。

赏析

这是一首外甥为舅舅送行的送别诗，清人方玉润称此诗为“送别之祖”。《毛诗序》认为本诗是秦穆公的儿子康公送晋文公重耳回国时所作，因为康公的母亲是重耳的姐姐，时人称为秦穆夫人。从诗中内容来推断这也是比较合情的，因为从作者送给舅舅的礼物来看，绝对不是一般人能送得起的，而路车、乘黄都是当时诸侯所用的车马。

诗很短，只有两章，且每章仅四句。第一章写作者为舅舅送行，说是要送到渭河北岸。但送君千里，终须一别。送什么礼物给自己的舅舅呢，送上路车和乘黄。第二章写作者送别舅舅时内心的忧伤。“悠悠我思”既是舍不得舅舅，同时也是为舅舅担心。送给舅舅一些什么好呢？还是送一些玉佩吧。送别的礼物是什么不重要，重要的是那份送别的情。舅舅是母亲的兄弟，与自己有着天然的亲近感。中国人是很重视舅舅的，在重要的宴席如婚礼上，舅舅是要坐在尊位的。特别是本诗中诗人的母亲已经离世了，看到舅舅就像看到了自己的母亲一样亲热，所以当舅舅要离去的时候，自然会依依不舍。所以诗人“悠悠我思”的心情就不难理解了。

此诗对后世影响很大，很多诗人都用到“渭阳”的典故。如杜甫：“寒空巫峡曙，落日渭阳情。”杜牧：“寒空金锡乡，欲过渭阳津。”可见此诗所表达的情意之深切，千载之下，尤能感人。

权舆

於我乎①，夏屋渠渠②。今也每食无馀。于嗟乎，不承权舆③。

於我乎，每食四簋④。今也每食不饱。于嗟乎，不承权舆。

注释

①於：叹词。②夏屋：大的食器。夏，大；屋，通“握”。渠渠：丰盛。③承：继承。权舆：本谓草木萌芽的状态，引申为起始、初时。④簋（guǐ）：古代青铜或陶制圆形食器。

译文

呜呼我呀，好大的房屋深又广。如今每餐无剩粮。哎呀呀，再不能继承当初那样的享受了。

呜呼我呀，原先一顿四大碗。如今每餐吃不饱。哎呀呀，再不能继承当初那样的享受了。

赏析

这是一首哀怨的山歌，描写的是一位没落贵族因为没有继承权力和兵车，如今落得每餐吃不饱的境地。尽管他还有好大的房屋深又广，但却没有了生活来源。这说明什么？一是说明他没有土地，因而就没有租税等收入。二是说明他失去了权力和兵车之后，谁都不买他的账了。权力和兵车在春秋战国时期是荣耀的象征，是地位的象征，一旦失去权力，那就是一个普通百姓了。而一旦失去兵车，也就意味着失去了官位。像秦国，它在当时称为千乘之国，它的大臣们也都是十乘之家等，如孔子在鲁国是一乘之家的官员，如果他失去这一乘车，那么他官员的地位也就危在旦夕了。这也就说明，在春秋战国时期的秦国，已经取消了延续上千年的贵族继承制度，凡不称职者，取消贵族爵位和权力，但没有没收他祖传的居所。所以他们守着大而空荡的祖屋而饿着肚子，而不停哀叹。

陈继揆《读诗臆补》云："秦上首功，简贤弃士。《权舆》一诗，其逐客坑儒之渐欤？楚穆生因礼酒不设而去。唐明皇时，薛令之为东宫诗曰：'朝日上团圆，照见先生盘。盘中何所有？苜蓿长阑干。饭涩匙难捥，羹稀箸易宽。'遂去。两贤其得诗人《权舆》之旨者！"他的这番话似乎可以使我们对《权舆》的意义与影响有更深的理解。

陈风

陈，西周初分封的诸侯国。开国君主名妫满，据说是帝舜的后代，因有功于周，武王封他于陈，并把自己的大女儿嫁给他，号胡公。陈建都宛丘（今河南淮阳），统治区大致包括今河南东部和安徽西北部的部分地方。陈风就是这个区域的诗。

东门之枌

东门①之枌②，宛丘之栩③。子仲④之子⑤，婆娑⑥其下。

穀旦⑦于⑧差⑨，南方之原⑩。不绩⑪其麻，市也婆娑。

穀旦于逝⑫，越以⑬鬷⑭迈⑮。视尔如荍⑯，贻我握椒⑰。

注释

①**东门**：陈国的城门，在宛丘附近。②**枌**（fén）：白榆树。③**栩**（xǔ）：柞树。④**子仲**：当时的一个姓氏。⑤**子**：女儿。⑥**婆娑**：跳舞盘旋摇摆的样子。⑦**穀旦**：吉日。⑧**于**：语气助词，无意义。⑨**差**（chāi）：选择。⑩**原**：同“塬”，高而平坦之地。⑪**绩**：纺。⑫**逝**：往。⑬**越以**：发语词。⑭**鬷**（zōng）：屡次。⑮**迈**：往、去。⑯**荍**（qiáo）：植物名，又叫锦葵。⑰**握椒**：一把花椒。花椒在古代是进行巫术活动时用的，用来降神，由此推测该女子是一位巫女。

译文

东门之外的白榆，宛丘之上的柞树。子仲家里那姑娘，在树下翩翩起舞。

选择吉日的清晨，到那南边高地上。不去纺那麻线了，到闹市上去跳舞。

吉日良辰快前往，常去聚集的闹市。看你就像锦葵花，赠送我一把花椒。

◇赏析◇

这是一首描写男女相爱、聚会歌舞的情歌。据史料记载，陈地盛行巫文化，《陈风》以哀艳的情歌和神秘浪漫的巫舞在《诗经》中独具一格。自陈胡公建国起，他的夫人大姬崇尚巫鬼文化，这种风气最初只局限在宫廷里，后来很快传到民间。诗中的女主人公的身份便是一个女巫，她们的职业就是装神弄鬼地表演一些很放荡的舞蹈，用来娱神娱鬼，当然同时也具有娱人的功能。据民俗学家考证这些女巫通常是家中的长女，她们充任相当于巫师的角色，负责家族中的祭祀活动。按照当时的风俗，这些巫女是不能嫁人的。但它们又是有血有肉、鲜活生动的生命，自然会有作为人该具有的七情六欲。

首章前两句交代了事情发生的地点，在那东门外，宛丘旁的榆树下。人物是子仲家的姑娘，事件是跳舞。诗中省去的内容是一位男子对这位女巫产生了兴趣，两个人便动了情。第二章中他们选择了一个祭祀的日子的早晨，两人在南原上约会，因为是祭祀的日子姑娘不用干手里的女工活儿了，可以名正言顺地去跳巫舞了。第三章写到两人经过多次约会后，双方感情已经比较深了，他们开始互赠礼物，甚至打情骂俏了。男子献殷勤说巫女貌美如花，女子便把随身携带用于降神的花椒给男子一把。

通过这首《东门之枌》我们看到了陈国男女之间相互追求的大胆和狂放，也看到了陈地巫风盛行的社会习俗。

月出

月出皎兮，佼①人僚②兮。舒③窈④纠兮，劳心悄兮。

月出皓兮，佼人懰⑤兮。舒忧受兮，劳心慅⑥兮。

月出照兮，佼人燎兮。舒夭绍⑦兮，劳心惨⑧兮。

注释

①**佼**：通“姣”。美好的意思。②**僚**：通“嫽”。美丽。③**舒**：舒缓，形容女子举止娴雅婀娜。④**窈**：文静而美好。⑤**懰**（liǔ）：妩媚妖娆。⑥**慅**（cǎo）：烦恼，忧虑。⑦绍：（shào）：紧密连续。⑧惨（zào）：当作“懆”，焦躁的样子。

译文

月亮出来亮皎皎，美人儿呀真美好。举止娴雅身窈窕，让我心里空落落。

月亮出来明皓皓，美人儿呀真妖娆。步态舒缓迷倒人，让我心里很烦恼。

月亮出来当空照，美人儿呀真俊俏。体态轻盈步子小，让我心里很烦躁。

赏析

这是一首月下怀人的诗。一个小伙子在皎洁的月光下等待自己的心上人儿，可是姑娘不知出于什么原因没有按时出现，小伙子的心里很失落。虽然没有见到那姑娘，可是他满脑子都想着她。

“月出皎兮”交代了故事发生的时间。“月上柳梢头，人约黄昏后”正是年轻人约会的好时光，小伙子早早就到了约会的地方，可是姑娘却迟迟没有出现。“佼人僚兮，舒窈纠兮”是小伙子在没有见到相约的姑娘的时候回忆姑娘的样子，姑娘举止娴雅，体态苗条。小伙子可能正想象着姑娘迈着轻盈的步子，带着迷人的微笑正轻步向自己走来。可是，这些都是回忆和想象，又有什么用呢，她为什么还不出现？于是小伙子又从想象的世界回到了现实世界，姑娘没有到来，这实在是让自己感到伤心、焦急。后两章与第一章内容基本一致，只是在时间上有了推移，对姑娘的回忆和想象的侧重点有所变化。初出的月光显得皎洁，随着时间的推移，夜色的加浓，月光变得越来越明亮，再到人静时分，明月当空，差不多已到午夜了。小伙子依然在等待，在等待的时候不时陷入对姑娘的回忆和想象当中，仿佛看到了姑娘扭动着苗条的腰身，迈着婀娜的莲步朝自己缓缓走来。随着夜色的加深，小伙子的心里也越来越焦急，越来越伤心。

本诗在结构和韵律上都很有特点，句式错综变化，节奏抑扬顿挫，虽然每章结构相同，但整体上丝毫不会让人感到单调枯燥。诗中使用了大量的形容词，主要都是描摹姑娘的，通过这些词汇，活脱脱地描绘出一位月下美人的形象，她是那样的风姿绰约、步态摇曳，颇似曹植笔下的洛神。韵律上，本诗句句押韵，一韵到底，配合着叠韵词的使用，使全诗充满了音乐美，读来赏心悦目，又朗朗上口。在人物形象描写方面，诗中很少静态的描摹，而主要是采用了动态的描写，这样更能表现出人物的风神。

桧风

桧（kuài），西周分封的诸侯国，故都在今河南的密县与新郑之间，其统治区大致包括今密县、新郑、荥阳的一些地方。桧风就是这些区域的诗。桧国于春秋初年为郑武公所灭。桧诗产生的时代，一说在桧灭之前，一说在桧灭之后，目前未有定论。

羔裘

羔裘[①]逍遥，狐裘[②]以朝。岂不尔思？劳心忉忉。
羔裘翱翔，狐裘在堂。岂不尔思？我心忧伤。
羔裘如膏[③]，日出有曜[④]。岂不尔思？中心是悼。

注释

①**羔裘**：羊羔皮所做的衣服，诸侯上朝所穿。②**狐裘**：狐狸皮所做的衣服，也是诸侯上朝所穿。③**膏**：油，形容羔裘的润泽。④**曜**（yào）：光。

译文

身穿羔皮袍啊多逍遥，穿着狐皮袍啊去上朝。
叫我怎能不想你？心中忧愁又伤心。
身穿羔皮袍啊去游玩，穿着狐皮袍啊上公堂。
叫我怎能不想你？我的心中真忧伤。
羔皮袍啊多油亮，太阳照着能发光。

叫我怎能不想你？心中伤感又惆怅。

赏析

这是一首思夫之诗。诗人是一位诸侯的妻子，可能是受到了丈夫的冷落，所以赋诗鸣音，抒发心中的思念和惆怅之情。诗人想象自己的丈夫身着名贵的羔皮袍子到处悠游，穿着珍贵的狐皮袍子去上朝办公。丈夫的衣着实在是华丽、光鲜，相形之下，自己内心因为思念他而变得多么的忧郁、惆怅。诗人的思念由淡变浓，以致最后忧愁笼罩了整个心房，而不能自矜。从诗中的描写，我们可以猜想到这位贵妇的凄凉悲惨的命运。由一名受宠的娇妻，变为一个被冷落的弃妇，对一个以丈夫为天的贵妇来说，毋宁说这是天大的打击。

可以说，在当时妇女没有独立的社会里，如果被丈夫冷落厌弃了，也就宣告了自己整个世界的坍塌。作为男人附庸的女人，只能委婉地规劝丈夫能够回心转意，而无他法。因此，在这首诗歌中我们看不到直接的愤怒排遣，而是委婉地娓娓叙说。诗人只是通过诉说心中思念之情的日益浓烈，来体现对丈夫的爱与怨愤。此诗没有华丽的语言，只有真切的感情。诗中用了三个反诘，直抒思念之情，三章情感步步深入。

诗中每一章前两句都是在描写丈夫的华丽服装和惬意的生活，而后两句都是在描写被冷落的妻子心中的苦闷和对丈夫回心转意的深深期盼，这样就形成了一种张力结构。丈夫衣着华丽，社会地位又高，生活得很滋润，一点伤感或痛苦也没有，而妻子却是终日“劳心忉忉”。这是一种强烈的对比，前面写丈夫愈如意，就愈见妻子心中之哀怨。

隰有苌楚

隰有苌楚①，猗傩②其枝，天之沃沃。乐子之无知③。

隰有苌楚，猗傩其华，天之沃沃。乐子之无家。

隰有苌楚，猗傩其实，天之沃沃。乐子之无室。

注释

①隰（xí）：低湿之地。苌（cháng）楚：羊桃，又称猕猴桃。②猗傩（ē nuó）：通“婀娜”，柔美的样子。③知：匹，配偶，指妻。

译文

洼地上面长羊桃，枝条婀娜随风飘，颜色柔嫩又润泽。高兴你还没结亲。

洼地上面长羊桃，枝头花儿多多开，颜色柔嫩又鲜艳。高兴你还没成家。

洼地上面长羊桃，枝头果实高高挂，颜色软嫩又鲜亮。高兴你还没妻子。

赏析

这是一首青春少女的爱情表白诗。诗中以洼地上的羊桃起兴，兴中见比。羊桃树的枝条婀娜多姿，暗喻妙龄少女的美好身姿；羊桃树盛开的娇艳美丽的朵朵花儿，象征着少女即将出嫁；而羊桃枝头上高高挂满的成熟果子，也象征着女子婚后生子。“夭之沃沃”是一个过渡句，它一方面延续了前两句的内容，继续对长毛桃树进行描写，但它又构成单独的暗喻，暗喻姑娘正当青春，浑身散发着青春和成熟少女的气息，为下一句表白想要嫁给对方做了铺垫。本诗很有特点，三章中的前三句都是比兴，只有最后一句是实写。诗歌由虚入实，前三句的描写是为最后一句造势，而“高兴你还没有妻子”，实际上才是诗人真正想要告白的。是的，正是因为“你”还未娶妻，所以，我正可以做你的新娘子啊！少女对爱情的期待可见一斑！我们可以想象，这位青春妙龄少女，芳心怦然，娇羞矜持的情状。相信，她的情郎要是听到了这首告白情歌，一定会欣喜不已！

本诗采用叠章易字的形式，两章之间仅易两字。兴句中由第一章的“枝”到第二章的“华”，再到第三章的“实”，以植物生长的过程为顺序。有枝条花儿才有开放的地方，有了春华才有秋实。一唱三叹的章句表达了姑娘内心强烈的愿望，是如火情怀的直接表白。尽管是愿望强烈，但在措辞上还是比较含蓄的，因为她只是感叹幸好那个男子还没有结婚成家。剩下的没有直接指明，但读者读到这里一定会心领神会的。如果直接写出来自已要嫁给对方，那就破坏了诗歌的美感。

匪风

匪风发兮①，匪车偈②兮。顾瞻周道，中心怛③兮。

匪风飘兮，匪车嘌④兮。顾瞻周道，中心吊兮。

谁能亨鱼？溉之釜鬵⑤。谁将西归？怀⑥之好音。

注释

①匪：通“彼”，那。发：风吹声。②偈（jié）：迅速驱驰。③怛

（dá）：悲伤。④嘌（piāo）：迅疾。⑤釜：锅。鬵（xún）：三足大釜。⑥怀：带，捎。

译文

那风刮起来了呀，那车跑得飞快啊！前后张望那大道，我的心中真悲伤。

那风一直刮不停呀，那车跑得真快啊！前后张望那大道，我的心中真悲痛！

谁能烹煮那条鱼？我来帮他洗锅儿。谁将回到西边去？给他捎个好音信。

赏析

这是一首妻子思念丈夫的心曲。诗中女主人公的丈夫大概是一位久驻沙场的服役者，常年的征战使这对恩爱的夫妻久久不能团聚。因此，妻子日思夜想，只能借诗抒情了！女主人公在一个阴郁的天气里，迎着刮得猛烈的寒风，站在大路边，前后来回地张望着疾驰而过的车辆，想要找寻自己丈夫的踪影。无奈，任由寒风忽烈、车辆奔驰、尘土飞扬，女主人公始终没能等到丈夫归来的影子。怎叫她心中不伤悲呢？我们可以想象，苦苦等候丈夫不归的妻子，是如何的撕心裂肺，瘫倒在大路边，无力地在心中凄凉呐喊！但是，谁又能理解她心中的悲凉和无奈，远方的丈夫你能否听到我的呼喊呢？诗中写到女主人公准备好了一条鱼儿，只要有人来烹煮它，她就把锅儿洗好！所以，这实际上是诗人对丈夫早日归来团聚，重温恩爱的期盼和渴望！无奈，这个要求现在只是奢谈！没了烹鱼的掌厨，锅儿洗了也没用！最后，女主人公只好嘱托回西边去的人，给她的丈夫捎个好音信！

这首诗歌在环境的描写和渲染上很成功，呼啸的寒风是多么刺骨，这不也刺痛了女主人公的心吗！而那疾驰而过的车轮，正像在女主人公心上碾过一般！我们可以想象，诗人凄厉的嘶喊，在清冷的寒风中，是多么令人揪心啊！诗中饱含着诗人思念丈夫的强烈感情，也暗含着对当时社会的不满和控诉。只是诗人并没有正面抒发出来而已。但是诗人对丈夫的思念越是浓烈，也就越深刻地反映出当时社会的黑暗给人民造成的痛苦有多深。诗歌最后的“谁能烹鱼？溉之釜鬵”，一语双关地道出了诗人的心声。无怪乎，闻一多先生将此诗誉为“望夫词”（闻一多《诗经讲义》）！

曹风

曹，国名。西周初武王封其弟叔铎（duó）于曹，建都陶丘（今山东定陶西北），是为曹国。曹国的统治区在今山东菏泽一带。曹风就是这一区域的诗。曹诗产生的时代，从内容判断，多为东迁以后，在风诗中，它产生的时代较晚。

蜉蝣

蜉蝣之羽，衣裳楚楚。心之忧矣，于我归处。
蜉蝣之翼，采采①衣服。心之忧矣，于我归息。
蜉蝣掘阅②，麻衣③如雪。心之忧矣，于我归说④。

注释

①采采：华丽的样子。②掘：挖。阅（xué）：通“穴”。③麻衣：深衣，指士大夫在家穿的便服。④说（shuì）：停息。

译文

蜉蝣个个有翅膀，你们衣裳真漂亮。我的心中多忧愁，何处才是我归依？

蜉蝣个个有羽翼，你们衣服真华丽。我的心中多忧愁，何处是我休息地？

蜉蝣个个能挖洞，你们便服洁如雪。我的心中多忧愁，何处是我安歇所？

赏析

这是一首借写蜉蝣生命短暂而感叹人生苦短的诗。蜉蝣的生命很短暂，长的不过几天，短的只有几个时辰。而人的寿命虽然比小虫蜉蝣要长得多，但是也是有限的，而要在这有限的时间内实现自己的抱负就更不容易了，所以自然就触发了诗人的生命悲剧意识。

全诗三章，每章的前部分都是在描写蜉蝣的，而且都是集中描写蜉蝣的翅膀，因为蜉蝣的翅膀很美，而后半部分都是在抒发诗人自身的感慨。蜉蝣的生命是那么的短暂，但是它没有因此而消极懈怠，还是长出了那么可爱和漂亮的翅膀。生命是短暂，但是在短暂的生命中它把自己的美丽呈现了出来，因此这短暂也就化成了永恒。看到蜉蝣，诗人不由得就想到了自己。蜉蝣生命如此短暂尚能把生命中最美丽动人的部分呈现出来，可是一个人要想实现自身的价值却不是那么容易的事。

候人

彼候人①兮，何戈与祋②。彼其之子，三百赤芾③。
维鹈在梁④，不濡其翼。彼其之子，不称其服。
维鹈在梁，不濡其咮⑤。彼其之子，不遂其媾。
荟兮蔚兮，南山朝隮⑥。婉兮娈兮⑦，季女斯饥。

注释

①候（hòu）人：掌管迎宾送客的小官。②何：通“荷”，扛着。祋（duì）：古代一种撞击用的兵器。③芾（fú）：古代官服外的蔽膝，缝在

腹下膝上，只有大夫以上的人有资格穿戴。④鹈：鹈鹕，水鸟。梁：鱼坝，用以捕鱼。⑤咮（zhòu）：鸟嘴。⑥隮（jī）：同“跻”，升，登。⑦婉、娈：形容小女孩的娇小美好。

译文

那迎送宾客的小官，还要扛着戈和祋。而那些士大夫啊，红敝膝有三百个。

鹈鹕鸟蹲在鱼坝上，不去沾湿它翅膀。而那些士大夫啊，不配穿那好服装。

鹈鹕鸟蹲在鱼坝上，不去沾湿它的嘴。而那些士大夫啊，不该得到那宠幸。

云雾漫漫在升腾，南山早晨有虹霓。多么娇小而美丽，候人之女却受饥。

赏析

本诗最大的艺术特点就是比兴的使用。前三章的第一句都是比兴，最后一章全部是比。通过这些比兴来讽刺曹国的统治阶级，可谓辞婉而意深。最后一章以虹霓来比喻新官儿颐指气使的气焰，章法多变，无重叠之感。

豳风

“豳”是古都邑名，在今陕西郴县。豳风是豳地一带民歌，共七篇，都产生于西周，是《国风》中最早的诗。其中多描写农家生活，辛勤劳作的情景，是中国最早的田园诗。

七月

七月流火[1]，九月授衣[2]。一之日觱发[3]，二之日栗烈[4]。无衣无褐[5]，何以卒[6]岁？三之日于耜[7]，四之日举趾[8]。同我妇子，馌[9]彼南亩，田畯[10]至喜。

七月流火，九月授衣。春日载阳，有鸣仓庚[11]。女执懿[12]筐，遵彼微行，爰求柔桑。春日迟迟，采蘩[13]祁祁。女心伤悲，殆及公子同归。

七月流火，八月萑苇[14]。蚕月条桑，取彼斧斨[15]，以伐远扬，猗彼女桑[16]。七月鸣鵙[17]，八月载绩。载玄载黄，我朱孔阳，为公子裳。

四月秀葽[18]，五月鸣蜩。八月其获，十月陨箨。一之日于貉[19]，取彼狐狸，为公子裘。二之日其同，载缵武功[20]。言私其豵[21]，献豜[22]于公。

五月斯螽[23]动股，六月莎鸡[24]振羽。七月在野，八月在宇，九月在户，十月蟋蟀入我床下。穹窒[25]熏鼠，塞向墐户[26]。嗟我妇子，曰为改岁，入此室处。

六月食郁及薁[27]，七月亨葵及菽。八月剥枣[28]，十月获稻。为此春酒，以介眉寿[29]。七月食瓜，八月断壶[30]，九月叔苴[31]，采荼薪樗[32]，食我农夫。

九月筑场圃，十月纳禾稼。黍稷重穋[33]，禾麻菽麦。嗟我农夫，我稼既同，上入执宫功。昼尔于茅[34]，宵尔索綯[35]。亟其乘屋，其始播百谷。

二之日凿冰冲冲，三之日纳于凌阴[36]。四之日其蚤，献羔祭韭。九月肃霜，十月涤场。朋酒斯飨，曰杀羔羊。跻彼公堂，称彼兕觥，万寿无疆！

注释

①**流**：下移。**火**：星名，亦称“大火”，即“心宿二”。每年阴历五月，大火星正在天空当中，是夏季夜空里最亮的星，六月时向西斜，七月就往下移了。②**授衣**：把制冬衣的工作交给妇女们去做。③**一之日**：夏历十一月。**觱发**（bì bō）：风寒猛烈。④**二之日**：夏历十二月。**栗烈**：凛冽刺骨。⑤**褐**：粗毛布，指粗劣的衣服。⑥**卒**：终。⑦**三之日**：夏历正月。**于耜**（sì）：整修农具。⑧**四之日**：夏历二月。**举趾**：举足耕耘。⑨**馌**（yè）：送饭。⑩**畯**（jùn）：管农事的管家。⑪**仓庚**：黄莺。⑫**女**：女奴。**懿**：深。⑬**蘩**：白蒿。⑭**萑**（huán）**苇**：长成的芦苇。⑮**蚕月**：夏历三月。**斨**（qiāng）：方孔的斧头。⑯**猗**（yǐ）：牵引。**女桑**：嫩桑叶。⑰**鵙**（jú）：伯劳鸟。⑱**秀**：植物结子。**葽**（yāo）：草名，又叫远志，可入药。⑲**貉**（hè）：兽名。⑳**缵**（zuǎn）：继续。**武功**：指田猎之事。㉑**豵**（zòng）：本义为小猪，这里泛指小的兽。㉒**豜**（jiān）：大猪，这里泛指大的兽。㉓**斯螽**（zhōng）：即蚱蜢。㉔**莎**（suō）**鸡**：昆虫名，纺织娘。㉕**穹窒**：打扫灰尘。㉖**墐**（jìn）：用泥涂抹。㉗**郁**：李子之类。**薁**（yù）：野葡萄。㉘**剥**（pū）：通“扑”，击，打。㉙**介**

（gài）：祈求。眉寿：长寿。㉚壶：通“瓠”，葫芦。㉛叔：收拾。苴（jū）：麻籽。㉜荼（tú）：一种苦菜。樗（chū）：臭椿树。薪：作动词“烧”。㉝重（tóng）：通“穜”，早种晚熟的谷。穋（lù）：晚种早熟的谷。㉞于茅：拔草。㉟索：搓绳。綯（táo）：绳子。㊱凌阴：冰窖。

译文

七月火星往下移，九月应该制寒衣。冬月寒风真是冷，腊月寒风更可怕。没有寒衣没粗衣，怎么熬到年根底？正月开始修锄犁，二月下地去耕种。带着妻儿一起去，把饭送到南边地，田官来到很欢喜。

七月火星往下移，九月应该制寒衣。春天阳光很暖和，黄莺婉转唱得欢。姑娘提着深竹筐，一路沿着小路走，采摘柔嫩的桑叶。春来日子渐渐长，采蘩人儿纷纷忙。姑娘心里很悲伤，怕和公子路上遇。

七月火星往下移，八月收割那芦苇。三月修剪桑树枝，拿来锋利的斧头。砍掉高枝和长枝，扶持弱枝让它长。七月伯劳声声叫，八月开始忙纺麻。染丝有黑又有黄，我染红色真鲜艳，为那公子做衣裳。

四月远志结了籽，五月蝉儿叫得欢。八月将要收庄稼，十月树上叶子落。十一月上山捕貉，猎取狐狸好皮毛，为那公子做皮袍。十二月众人汇集，继续操练打猎功。打到小兽归自己，打到大兽献王公。

五月蚱蜢弹腿叫，六月纺织娘振翅。七月蟋蟀在田野，八月跑到屋檐下，九月蟋蟀进门口，十月钻到床底下。打扫灰尘熏老鼠，柴门涂泥塞北窗。叹我妻儿好可怜，一年过了又一年，进此屋子住几天。

六月吃李子和野葡萄，七月煮食葵菜和豆角。八月开始打红枣，十月下田割水稻。酿成这些好春酒，祈求主人能长寿。七月里来吃南瓜，八月把葫芦摘下，九月田里收麻籽。臭椿作柴采苦菜，养活农夫一大家。

九月修建打谷场，十月庄稼收进来。打下黍、稷、早晚谷，还有稻谷、麻、豆、麦。可怜我们这农夫，总算把粮入了库，还要操持宫中事。白天出去割茅草，夜里灯下搓绳子。急忙上屋修房顶，又要播种百谷了。

腊月里凿冰响冲冲，正月里冰块藏窖中。二月祭祖要趁早，献上韭菜和羊羔。

九月里天寒上霜，十月扫净打谷场。大家相聚喝几杯，杀上一只小羔羊。登上公侯那大堂，两手端起兕角杯，恭祝他万寿无疆。

赏析

这是一首以农事为主题的诗，它以史诗的恢宏气势叙述了农夫一年四季艰辛的劳动生活，以及相关的农业技术和农事经验。这首诗大约产生于西周初年，所以它不属于《国风》时代的作品，但是从精神脉络上它又与《国风》的精神相契合。作品以第三人称的口气进行叙述，详细地记载了农夫一年四季艰辛的劳动生活，并且记述了农业生产的规律和经验。

全诗共八章，前两章都以“七月流火，九月授衣”的兴句开篇。第一章开篇就对一年中最为严寒的冬季进行了描写，从冬月到腊月，天气越来越冷。没有棉衣，怎么挨过这严寒的年底，这里表现出了浓重的忧患意识。冬天终于过去，农夫们又开始了耕作。

第二章描写了农妇们忙于采桑的情景，春暖花开，鸟儿歌唱，姑娘和村妇们忙着采桑叶。因为采桑是一种单调的劳动，所以她们感到时间过得非常慢。在当时奴隶是领主的私人财产，领主可以随意占有自己的子民。所以姑娘们害怕在路上遇到了贵族家的公子，担心被抓去凌辱。

第三章写的是妇女们在忙完蚕桑之事后，要开始修剪桑枝。转眼到了春夏之际，农妇们忙着织布，织好布还要染色。妇女们都想把自己织的布染得最漂亮，可是这些漂亮的布不是给自己用的，是为那贵族做衣裳的。

第四章时间推移到了秋季，农夫们在忙完了农活儿之后还要去狩猎，因为领主们做皮衣要用。打到小的猎物就归自己了，打到大的猎物就要交给领主。

第五章写的是冬天到了，要为领主收拾好屋子过冬。要赶走躲在屋子里的虫子和老鼠，用新泥抹上门窗的缝隙以抵挡严寒。干完了领主家的活儿才可以回到家里陪陪自己的妻儿，享受一下天伦之乐。

第六章写的是农夫在为领主耕作的同时还要为他们提供一些副食，包括每个季节的时令鲜蔬，还要为领主酿米酒。几乎所有的好东西都送到了领主家，自己家里只能吃一些瓜瓜菜菜。到冬天的时候连青菜也没有，只能吃一些苦菜干，烧的也是发出臭味的臭椿。

第七章写农夫们一年忙着给领主劳动，要给他们修建打谷场，要把各种粮食都打好晾干送到粮仓里。干完这些后还要白天去割茅草，晚上回来搓绳子，还要去修理房子，终年有干不完的事。这一年的事还没干完，又要准备下一年的春耕了。

第八章写到到了冬天，要为领主们去凿冰，凿好之后藏到冰窖里为领主们来年夏天消暑，并且要为他们准备年终的祭祀。辛苦了一年，到年终领主摆上酒席招待农夫们喝一顿，酒席上大家斟满酒杯共同祝福领主“万寿无疆”。

《七月》的价值不仅仅在于客观地反映了农夫以及领主们的社会生活、生产状况，更重要的是表现了人们在劳动中的自我确证和天人合一的宇宙观。农夫的劳动是非常辛苦的，他们虽然有不满，但是还是坚持了下去，因为正是在这些劳动中，他们获得了维持一家人生计的生活品的同时，也获得了心灵的归属。自己生命的价值也在这一劳动过程中得到确认。因为农业生产具有很强的季节性，所以人们对于时令的把握非常重要，就像今天的二十四节气歌那样，每一个时段该干什么农事都有固定的程式，劳动的内容是取决于时令的，这样就表现出了强烈的天人和谐的意识，吐露出了先民们天人合一的宇宙观。

全诗闪烁着古朴的人性光辉。各个季节的农事与典礼，农夫们日夜的劳作，其间有张有弛，张弛的节奏与自然时光的运行的节奏非常契合。时光的运转体现为劳动的节奏，劳动的节奏又体现出四季更替的节奏。两者形成了一种和谐统一的韵律。这种韵律本身也体现了“天人合一”的意识，发出了“天人合一”的独特美感，在这种美感里，人生观和宇宙观达到了完全的统一。《七月》中所体现出来的文化心理是中华民族最深层的文化心理，是数千年农耕文化的典型代表。《诗经》中最具有宇宙意识和生命意识的诗非《七月》莫属，而能够写出宇宙意识和生命意识的诗毕竟是少数，所以《七月》在《诗经》中享有极高的思想地位和艺术地位。

破斧

既破我斧，又缺我斨①。周公东征②，四国是皇③。哀我人斯，亦孔之将。

既破我斧，又缺我锜④。周公东征，四国是吪⑤。哀我人斯，亦孔之嘉。

既破我斧，又缺我銶⑥。周公东征，四国是遒。哀我人斯，亦孔之休。

◇注释◇

①**缺**：指砍出缺口。**斨**（qiāng）：方孔的斧头。②**东征**：是指周武王死后，封在殷朝旧都的武庚，以及管叔、蔡叔联合东方旧国反周，周公带兵东征，平息这次叛乱。③**四国**：天下四方的国家。**皇**：通“惶”，惶恐。④**锜**（qí）：三齿锄子。⑤**吪**（é）：教化。⑥**銶**（qiú）：木柄的锹。

◇译文◇

我的圆斧已战破，我的方斧也缺损。周公率军去东征，

四方国家很惶恐。可怜我们这些人，能够生还已幸运。

我的圆斧已战破，我的凿子也残缺。周公率兵去东征，

四方臣民被感化。可怜我们这些人，能够生还是美事。

我的圆斧已战破，我的锹凿也残缺。周公率兵去东征，

四方局势已安定。可怜我们这些人，能够生还已幸运。

◇赏析◇

这是一首在战争中幸存士兵的哀伤之曲。诗中写周公率领大军去平定四方国家的叛乱。这场平定战争有助于稳定统治局面，但是对于普通的士兵来说，无疑是一场生死之难。生命是可贵的，而在战火纷飞的年代，又是如此的脆弱，在战场上随时都可能消逝！因此，对于拼死沙场、历尽劫难的士兵而言，能够活着回去已是万幸！

也许是战场上的兵器交锋和淋漓鲜血，让诗人不敢再度回首。因此诗人没有正面描写这场战争有多么残酷，但却以哀伤的口吻向我们哭诉：战士们的大斧头砍破了，方孔斧头缺损了，圆斧头也已破损了。各种兵器都在战争中残破不堪，这不正反映出战争的激烈和残酷

吗？兵器尚且如此破损，那么脆弱的血肉之躯又岂能抵挡得住战争的摧残？连年的战争拖垮了战士疲惫的身子，也在他们心灵上留下了深深的伤痕！这种伤痛又有谁能够了解，能够弥合得了呢？曾经带着满腔的不情愿与家人生离死别，奔赴沙场；而今带着累累伤痕，望着满目疮痍归来！所幸，自己还能活着回来，去和家人团圆。因此，诗人反复地哀叹和他一样可怜的那些战友们，能够生还是多么的幸运。“亦孔之将”“亦孔之嘉”“亦孔之休”，这三句不仅是诗人发自肺腑的感谢之词，更是诗人对于生命美好的礼赞。生命因脆弱而让人怜惜，因尊贵而让人赞美。

这首诗歌没有战争场面的刻意描写和肆意渲染，只有诗人满是悲伤的深情哭诉！诗人虽然在身心上饱受战争的摧残，但是仍然无过多的抱怨之词，而是一遍又一遍地从心底里庆幸自己还能活着归来，表现出对生命难能可贵的极大肯定。这是一种浓重的生命意识，崇高的生命礼赞。诗人的感情深沉，表情自然，读之让人感动！

伐柯

伐柯①如何？匪斧不克。取妻如何？匪媒不得。

伐柯伐柯，其则②不远。我觏③之子，笾④豆⑤有践⑥。

注释

①柯：斧头柄。②则：准则，榜样。③觏（gòu）：通“媾”，男女结合。④笾（biān）：竹子编的装果脯的食器。⑤豆：木制的盛肉食的高足盘子。⑥践：陈设整齐的样子。

译文

怎样砍伐斧子柄？没有斧头做不好。妻子怎么娶进门？没有媒人办不成。

砍斧柄啊砍斧柄，有了榜样难不倒。我遇见称心的姑娘，就摆设宴会请她过来。

赏析

这首诗歌十分短小，但是饱含的内容却很丰富。诗歌开篇就以设问起兴，砍斧柄子应该怎么做成呢？没有斧头啊，那是做不好的。妻子是怎么娶进门的？没有媒人是办不成的。这两个设问直接而鲜明地表明了诗人的立场，他极力肯定了媒人在迎娶妻子过程中的重要性。诗人的口吻十分坚定，似乎没有动摇的余地。这与《诗经》中所描写的，一些青年男女自由恋爱结合的现象，形成了鲜明的对比。可能当时自由恋爱结合的婚姻毕竟是少数，而由媒人促成的美满婚姻才是多数而正统的。所以，接着诗人继续强调道：砍斧柄要做好也不难，只要有好的榜样和准则可效仿。这实际上是诗人暗喻，娶妻要有媒人应当作为一个社会准则来遵循，诗人自己正是这个婚姻准则的践行者。诗歌最后写婚庆场面上各种盛果品和肉食的器具摆放得整齐有序，实际是指婚礼的盛宴。诗人最后终于在欢庆的婚礼上，带着宾客们的祝福，与自己和心爱的女子永结同心了！这是诗人对明媒正娶婚俗的礼赞，带有一种自我满足感。作为一名贵族青年，他的明媒正娶观念正代表了当时社会的主流意识。

小雅

小雅共71首，多数是朝廷官吏及公卿大夫的作品，有一小部分是民歌。其内容几乎都是关于政治方面的，有赞颂好人好政的，有讽刺弊政的，仅有几首表达个人感情的诗。

鹿鸣

呦呦①鹿鸣，食野之苹②。我有嘉宾，鼓瑟吹笙。
吹笙鼓簧③，承筐是将④。人之好我⑤，示我周行⑥。
呦呦鹿鸣，食野之蒿⑦。我有嘉宾，德音孔昭⑧。
视民不恌⑨，君子是则是效⑩。我有旨酒，嘉宾式燕以敖。
呦呦鹿鸣，食野之芩⑪。我有嘉宾，鼓瑟鼓琴。
鼓瑟鼓琴，和乐且湛⑫。我有旨酒，以燕乐嘉宾之心。

注释

①**呦呦**（yōu）：鹿叫的声音。②**苹**：《郑笺》："苹，藾（lài）萧。"③**簧**：笙中的舌片。笙是一种管乐，共十三管，每管有簧。④**承**：捧着。**筐**：用来装币帛的竹筐。**将**：赠送。⑤**人**：指客人。**好**：喜欢。⑥**示**：告诉。**周行**（háng）：正道，大道。⑦**蒿**：也叫青蒿、香蒿，菊科植物。⑧**德音**：德言，即人的内在德行与外在的言语。**昭**：明。⑨**视**：古示字。**恌**（tiāo）：轻佻。⑩**是则是效**：《毛传》："是则是效，言可法效也。"⑪**芩**（qín）：蒿类植物。《释文》引《说文》："芩，蒿也。"⑫**湛**（dān）：尽兴逸乐。

译文

鹿儿呦呦唱得欢，在那野地吃蕨蒿。我有满座好宾客，弹瑟吹笙来相邀。

席间吹笙又鼓簧，献上礼品满竹筐。宾客忠心爱戴我，为我指明那正道。

鹿儿呦呦唱得欢，在那野地吃青蒿。我有满座好宾客，德行如日月般昭明。

教民宽厚勿轻薄，君子学习又仿效。我有佳肴与美酒，宾客欢饮齐逍遥。

鹿儿呦呦唱得欢，在那野地吃青芩。我有满座好宾客，奏瑟弹琴来相招。

席间奏瑟又弹琴，宾主和乐兴更高。我有美酒敬一杯，宾客宴乐心欢畅。

赏析

这是一首君王宴请群臣宾客的诗。在宴会上唱歌，这是古代的一种礼仪（燕礼）。朱熹认为，这首诗原来是君王宴请群臣时所唱，后来逐渐流传到民间，普通人的宴会上也可以唱。东汉时曹操作《短歌行》时，就直接引用了《鹿鸣》的前四句来表达对贤才的渴求，足见此诗对后世诗歌影响之深刻。

本诗共三章，每章都以鹿鸣起兴。在空旷的野地里，一群麋鹿正在悠闲地吃着野草，还不时地发出呦呦的欢叫声。这种景象给人轻松、祥和的感觉。诗歌以鹿鸣起兴，其用意正在此。因为，在古代森严的等级制度中，君与臣的身份界限是很分明的，为臣子的必须对君主恭恭敬敬，心存敬畏。所以，在宴会上以欢快、轻松的唱词开始，使得群臣之间的紧张关系缓和下来，也为下面的宴饮营造了宽松、祥和的气氛。

这首诗歌，整体的基调是昂扬向上的。诗歌从始至终，都洋溢着欢快的气氛。第一章主要写奏乐，第二章主要写饮酒，而第三章则兼写奏乐和饮酒。这三章，从情感上讲，是一章比一章深入；从气氛上讲，是一章比一章热烈。末章的“和乐且湛”则将宴会的气氛推向了高潮，大有酒兴之致与歌舞之致的狂欢情致。第一章，描写了宴会上弹瑟吹笙的热闹的奏乐场面，还写了宴会的主人“承筐是将”。即用竹筐装满礼品赠予宾客的礼节，这大概也是今天很多民间欢庆礼仪的一种由来吧！于是，在这种其乐融融的氛围中，群臣之间才摆脱了拘谨，贤臣们纷献良言，为君王指明治国之道。第二章中，君王继续唱祝词。他称赞自己的臣子是德行昭明，教民宽厚不轻薄之人，是值得君子们学习和效仿的楷模。这一段祝词，既有赞美之意又含教导之意，可谓用心良苦。接着，写到君王与群臣一起品味美酒和佳肴，一派欢天喜地的气象，宴饮气氛热烈浓厚。第三章，可以说是诗歌的高潮与总说。一边是弹奏吹笙的奏乐景象，一边是君王与群臣畅饮热议的场面；音乐声与唱和声、碰杯声与欢笑声融为一体；宴会在欢腾中慢慢进入了高潮，酒兴饭足而余味深长。末句“燕乐嘉宾之心”卒章见志，深化了诗歌的主题。表明此次宴会，“非止养其体、娱其外而已”，它不是一般的满足口腹之饥的宴会，而是为了“安乐其心”，即使得群臣心悦诚服，自觉地为君王的统治服务的宴会。可见，在宴会的欢愉之外还包含着政治的功利色彩，这也许就是当时的礼仪之道。

《鹿鸣》作为宴会上所唱的乐歌，其节律用韵表现出整一与变化和谐一体的完美艺术境界，富有音乐之美。通过对此诗的分析，可对周代宴飨之礼有一定的了解。

常棣

常棣之华①，鄂不韡韡②。凡今之人，莫如兄弟。

死丧之威，兄弟孔怀。原隰裒矣③，兄弟求矣。

脊令④在原，兄弟急难。每有良朋，况也永叹。

兄弟阋⑤于墙，外御其务。每有良朋，烝也无戎⑥。

丧乱既平⑦，既安且宁。虽有兄弟，不如友生⑧。

傧尔笾豆⑨，饮酒之饫⑩。兄弟既具，和乐且孺⑪。

妻子好合，如鼓瑟琴。兄弟既翕⑫，和乐且湛⑬。

宜尔室家，乐尔妻帑⑭。是究是图，亶其然乎⑮！

注释

①**常棣**：木名，又称棠棣。**华**：花。果实像李子而较小。花两三朵为一缀，茎长而花下垂。②**鄂**：花蒂。**不**：语气词，无实意。**韡韡**（wěi）：光辉，鲜明的样子。③**原**：高而平的地方。**隰**：低湿之地。**裒**（póu）：聚集。④**脊令**：水鸟名，亦名鹡鸰，有成群而飞的习性。⑤**阋**（xì）：相争，争斗。⑥**烝**（zhēng）：终久。**戎**：帮助。⑦**丧乱**：死丧祸乱。**平**：平定。⑧**友生**：朋友，“生”为语气助词。⑨**傧**（bīn）：陈列。**尔**：你。**笾**（biān）：古时祭祀或宴飨时用来盛食物的器皿，用竹编成。**豆**：古时盛肉的器皿，用木制成。⑩**之**：犹“是”。**饫**（yù）：满足。⑪**孺**：相亲。⑫**翕**（xī）：合，和睦。⑬**湛**（dān）：甚乐，非常和乐。⑭**帑**（nú）：通“孥”，子女。⑮**亶**

(dǎn)：的确，确实。其：指宜室家，乐妻帑。

译文

棠棣树上花朵朵，花蒂鲜活有光辉。而今在世一般人，谁能如兄弟相亲。

死丧威胁最可怕，唯有兄弟最关心。众人齐聚在原野，兄弟奔忙去寻觅。

脊令被困于陆地，兄弟赶忙来抢救。虽有一些好朋友，只是徒增些长叹。

兄弟在家会争斗，在外同心抗外侮。虽有一些好朋友，长久却不来帮助。

死丧祸乱平定后，日子安乐又宁静。此时虽然有兄弟，却不亲密如朋友。

摆好竹碗与木碗，宴饮酒足心满意。兄弟今日齐团聚，相亲相爱多融洽。

夫妻父子多相亲，正如琴瑟音调谐。兄弟今日齐团聚，欢乐和睦永相守。

使你全家都相安，妻子子女都快乐。仔细斟酌与思量，此话确实是不假！

赏析

这是一首宴请兄弟、劝勉兄弟间要和睦友爱的诗。全诗共八章，用兴与赋的手法，从不同的视角，假设了不同的情境，来强调兄弟手足之情的难能可贵。兄弟之情，远不能为朋友之间的情谊所取代。在那战事繁多、生命易逝的年代里，兄弟之间的和睦与团结对于一个部族的生存来说，显得弥足重要。即便是现今，手足之情也是人伦之中十分重要的部分。古人所谓兄弟“异形而同气”，即源自同根而形体各异。

诗歌首章，由开放中鲜亮有光彩的棠棣花起兴，由此联想到手足相依的兄弟，并点出本诗的主旨，即兄弟之情是可贵的，它不是如今世上一般的朋友之情可比的。接着，诗人假设了几种情境，从中来体现兄弟情的珍贵。第二章写到，当有死亡威胁的时候，只有兄弟是最能互相关心的人。而当发生自然灾难的时候，也只有兄弟急着相互寻觅下落。第三章中，用“脊令”这种成群结伴的水鸟来比兄弟，诗人假设当兄弟落难时，只有兄弟是第一时间赶来抢救的人。而一些朋友却不能帮忙，只是徒增一些长叹而已。第四章，诗人假设虽然在自己家族中，兄弟难免会有争斗、争吵，但是当外敌来临时，兄弟还是能以大局为重，同仇敌忾；而朋友却坐视不管，很久都不来帮忙。

诗的二、三、四章，都是描写于危难中现兄弟之真情的。而在第五章中，诗人却笔锋一转，描写了在死丧祸乱平定之后的和平、安乐的日子里，兄弟反倒不如朋友亲密，形同陌路。这在诗人看来，似乎是很不解的，也是很不应该的，无论在危难时刻还是在和平之时，兄弟之间的情谊都是不能变的，弥久而坚定的。第六章写了兄弟宴饮酒足和乐的场面。第七、八章，诗人用家室、妻子的和乐来与兄弟之情进行对比。在诗人看来，夫妻之间、父子之间的相亲相爱，犹如弹奏琴瑟发出的音调一样和谐；而兄弟之间也应该和睦。

睦，融洽相处。如果兄弟间感情产生了隔阂，行走如同陌生人。那么，一个家族的和睦也不能长久，有困难时也不能相互帮忙，当有外敌来临时，也不可能同心协力来抵抗！所以，在诗歌的结句诗人发出了“是究是图，亶其然乎”的感叹。

本诗通用兴赋手法，而又有对比。用朋友与兄弟相比，战乱与和平相对比，夫妇家室之情与手足之情相比，等等。诗歌层层剖析，层层深入。在叙写中流露真情，虽有劝勉之意，但无矫情之迹，在自然抒情中晓之以理，收到了很好的艺术效果。

采薇

采薇[①]采薇，薇亦作止。曰归曰归，岁亦莫止。
靡室靡家[②]，玁狁之故[③]。不遑启居[④]，玁狁之故。
采薇采薇，薇亦柔止。曰归曰归，心亦忧止。
忧心烈烈[⑤]，载饥载渴。我戍未定，靡使归聘。
采薇采薇，薇亦刚[⑥]止。曰归曰归，岁亦阳止。
王事靡盬[⑦]，不遑启处。忧心孔疚，我行不来！
彼尔维何[⑧]？维常之华。彼路[⑨]斯[⑩]何？君子之车。
戎车既驾，四牡业业[⑪]。岂敢定居？一月三捷。
驾彼四牡，四牡骙骙[⑫]。君子所依[⑬]，小人所腓[⑭]。
四牡翼翼[⑮]，象弭鱼服[⑯]。岂不日戒？玁狁孔棘。
昔我往[⑰]矣，杨柳依依。今我来思，雨雪霏霏。
行道迟迟，载渴载饥。我心伤悲，莫知我哀！

注释

①薇：一种豆科植物，即今天的野豌豆苗，可以吃。②靡：无。室：家，指妻子。③玁狁（xiǎn yǔn）：一作“猃狁”，种族名。到春秋时代称为狄，战国、秦、汉称匈奴。④遑（huáng）：闲暇。启：

跪。居：坐。古人坐和跪都是两膝着席。坐时臀部和脚跟接触，跪时将腰伸直。⑤**烈烈**：本是火势猛盛的样子，此处用来形容忧心，即忧心如焚。⑥**刚**：硬，是说薇菜茎叶将老变粗硬。⑦**盬**（gǔ）：休止。⑧**彼**：那些。**尔**：通“薾”，形容花开繁盛的样子。⑨**路**：同“辂”，车的高大为辂，将帅作战时用的车，又名戎车。⑩**斯**：语助词，犹“维”。这句和“彼尔维何”句法相同。⑪**牡**：指驾车的雄马。**业业**：高大雄壮的样子。⑫**骙骙**（kuí）：马强壮的样子。⑬**君子**：指将帅。**依**：凭靠。⑭**小人**：指兵士。**腓**（féi）：隐蔽。⑮**翼翼**：指行走整齐熟练的样子。⑯**弭**（mǐ）：弓两端受弦的地方叫作“弭”。**象弭**：就是用象牙制成的弭。**服**：“箙”的假借字。箙是盛箭的器具。**鱼服**：就是用鱼皮制成的箭袋。⑰**往**：从军的日子。

译文

采了又采的薇菜，薇又冒芽尖。说回家啊何时回，转眼间又是一年。谁害我有家难回，还不是为了玁狁。谁害我没有闲暇，还不是为了玁狁。

采了又采的薇菜，薇菜啊多鲜嫩。说回家啊何时回，心里头啊多愁闷。忧闷就好像火来焚，饥饿难耐渴难忍。驻防地没个儿定，哪儿有人捎封信。

采了又采的薇菜，薇菜长得粗又老。说回家啊何时回，又到十月小阳春。王室差使无穷尽，哪有片刻能安身。我的心里多么苦闷，到今谁曾来慰问?

什么花开得繁盛？那都是常棣的花。什么车高高大大？还不是那贵人的。兵车啊已经驾起，高头大马共四匹。哪儿敢安然定居，一个月三次转移。

驾起了公马四匹，四匹马多么神气。贵人们在车上坐，士兵们靠它来隐蔽。四匹马多么雄壮，象牙弭鱼皮箭囊。为何要天天警戒？只为那玁狁太猖狂。

想起离家的时光，杨柳枝啊随风荡。如今我重返家乡，雪花纷纷又扬扬。一路走来慢腾腾，饥渴煎肚又熬肠。我的心里多凄惨，有谁了解我忧伤！

赏析

这首诗以士兵口吻写成，是一戍卒在归家途中回想戍边的艰辛，以及对比从军时的情景和这番回家的心境而作的诗。全诗共六章，前三章皆以“采薇采薇”起兴，用一唱三叹的复沓形式，反复咏吟。首章写诗人在荒凉的边疆土地上，采着刚刚破土发芽的嫩豌豆苗，由此想到了自己久驻边疆不能回家，回家遥遥无期，不禁心生悲凉。此处既是起兴，又是对诗人征战边疆艰苦生活的描写，边塞食物不足，只能采薇而食。诗人久驻边塞是为了抵抗那猖狂的玁狁，所以，有家等于无家，没有闲暇来好好地歇息。第二章，写诗人去采摘软嫩的薇菜，此处用薇菜的成长来烘托自己驻边时间的推移。日复一日，可什么时候才能回家呢？诗人忧心忡忡，又饥渴难耐。但是，自己整日奔波驻边没有安定，连找个探望捎信的人都见不着！第三章，写诗人去采摘将老变粗的薇菜，心中还是感念归家无期。但是王室的差使没有止境，自己也无片刻安宁。诗人心中是多么的无奈啊，可又有谁能来安慰他呢？诗人虽觉役事烦扰，心有怨言，但也无可奈何，只能通过委婉的方式抒发心中苦闷。这三章在结构上构成复沓，在时间上前后递进，在感情抒发上层层深入，把戍边生活的艰辛、思乡之情的强烈、面对玁狁骚扰的无奈全都表现了出来。

在第四、第五章中，诗人追述了从军作战紧张的戍边生活。“彼尔维何？维常之华”是兴句，引起下文的“彼路斯何？君子之车”，即以繁盛的常棣花引出军容的盛大。在主帅的兵车后，将士们仪仗整齐，气势雄伟。虽然戍边艰苦，但是当战事来临的时候。将士们还是全力以赴、同仇敌忾。从“一月三捷”可以看出战事的频繁，将士们要不停地迁徙，更增加了戍卒们的颠簸之苦。第五章是战斗场面的描述：主帅在雄伟的战车上指挥战斗，步兵们跟在车后面用战车来隐蔽身体，准备伺机出击。“四牡翼翼，象弭鱼服”写出了军容的盛大和装备的精良。但是，面对的敌人是凶残善战的玁狁，真不好对付，所以不得不小心，丝毫松懈不得。

第六章写到士兵在归途中抚今追昔，悲喜交加的矛盾心情。戍卒在回家的路上想起从军的情景：那时春风拂面，杨柳依依。虽然不想参军，但这是王命，保家卫国的责任是不能推托的。但战场上随时可能会丢命，所以当时心里很难过。今天，终于完成兵役，可以返乡了。可是这返乡的道路是漫长的，雨雪交加，道路泥泞。虽然道路难行，好歹几年的战争自己还幸运地保住了小命，这也算是不幸中的万幸了。就要回家了，却不知道这些年家里怎么样了。父母的身体是否变得衰老，妻子终日操劳可能也老了不少。想到家里戍卒心里又是一堆的烦恼。王夫之在《姜斋诗话》中十分推崇“昔我往矣，杨柳依依。今我来思，雨雪霏霏。”几句，认为这是“以乐景写哀，以哀景为乐”，这样的效果是“倍增其哀乐”。其分析可谓深刻。

这首诗出彩的地方全在这最后一章，清人方玉润说：“此诗之佳全在末章，真情实景，感时伤事，别有深情，非言可喻。”可谓见地深刻。

菁菁者莪

菁菁者莪①，在彼中阿②。既见君子③，乐且有仪。

菁菁者莪，在彼中沚。既见君子，我心则喜。

菁菁者莪，在彼中陵④。既见君子，锡我百朋⑤。

泛泛杨舟⑥，载沉载浮⑦。既见君子，我心则休⑧。

注释

① **菁菁**（jīng），茂盛的样子。**莪**（é）：萝蒿，野草名。② **中阿**：丘陵。③ **君子**：指宾客。④ **中陵**：大土山。⑤ **锡**：赐。**朋**：上古时以贝壳为货币，五贝为一串，两串为一朋。⑥ **泛泛**：船漂流的样子。**杨舟**：杨木所制的船。⑦ **载**：通“再”，又。**载沉载浮**：即船身在水中晃动。⑧ **休**：喜，欣欣然。

译文

萝蒿葱茏真茂盛，从从长在丘陵中。而今见了君子面，真实欢乐有气度。

萝蒿葱茏真茂盛，簇簇长在沙洲上。而今见了君子面，我的心里真欢喜。

萝蒿葱茏真茂盛，蓬蓬长在土山上。而今见了君子面，心喜胜过赐百朋。

杨木船儿水中漂，时沉时浮随波荡。而今见了君子面，我的心中多欢欣。

赏析

这首诗的主旨，历来颇有争议。《毛诗序》认为，此诗是“乐育才”，即对培育人才的赞美；而朱熹则认为，其应是宴饮宾客的诗作；还有人认为，该诗乃古代女子喜逢恋人所唱的歌。由于此诗所述之事，所描之情境较为宽泛，给人以多种想象，因此，也就存在多种理解了。但是，若只从诗歌本身来解读，笔者认为，应将它归为女子遇到心中恋人所唱之诗，似乎更显情致。

此诗共有四章，每章各有其趣。诗歌首章叙述了一女子，在萝蒿长得葱葱郁郁的丘陵中，遇到了一位风度翩翩、仪表风流的男子。初次见面，女子就对其产生了爱慕、欢喜之情。在第二章中，女子与男子相见的地点转至河中小洲上。同样是在葱茏茂盛的萝蒿丛中，女子再次见到了心中朝思暮想的男子，诗歌用一“喜”字，微妙地把女子情思绽放的心境表达出来，似有矜持之状，又惹人无限之遐想。第三章中，继续写二人相见之场景，只是见面的地方在土山之上。此时，女子对心中所眷恋男子的感情已经越来越深，纵使被馈赠百朋也比不上见到心目中恋人时的那种高兴劲。歌的末章写女子与恋人在江边见面。望着江面上随风飘荡、时沉时浮的杨木船儿，女子的心似乎也随着船儿的摇曳而思绪飘浮起来。想象着自己与恋人的未来生活，似乎也像水中之舟有时沉有时浮，但是同在一条船上，就应该同舟共济，迎接人生风雨的洗礼。不管怎样，能够与自己喜爱的人相依相偎，女主人公的内心还是充满幸福感。

这首诗的独特之处在于，四章中不同场景的变换，宛如电影中的蒙太奇，给人以跳跃之感。而场景的变换，亦是情感不断深化的体现。女子与恋人相见的场景，由远及近，由不明朗到明朗；女子对恋人的感情，也由初见时的矜持自禁，到后来的直抒胸臆，感情不断升温。总之，此诗给人巨大的想象空间，仔细研读，细品其中真味，不觉意味深长！

鹤鸣

鹤鸣于九皋[①]，声闻于野。鱼潜在渊，或在于渚。乐彼之园，爰有树檀[②]，其下维萚[③]。他山之石，可以为错[④]。

鹤鸣于九皋，声闻于天。鱼在于渚，或潜在渊。乐彼之园，爰有树檀，其下维榖[⑤]。他山之石，可以攻[⑥]玉。

注释

①九：虚数，形容沼泽地曲折而远。皋（gāo）：沼泽。②爰：语气助词。树檀：檀树。③萚（tuò）：枯落叶。④错：通“厝”，指用来琢磨玉石的硬石工具。⑤榖（gǔ）：楮树，落叶乔木。⑥攻：修治。

译文

鹤在九曲泽边叫，声音飘荡旷野中。鱼儿潜藏在深渊，有的游到小洲边。喜爱那个好园林，檀树高大立其中，树下枯叶落一片。别处山上一石头，能做琢玉的器具。

鹤在九曲泽边叫，声音高传于天际。鱼儿游到小洲边，有的潜藏在深渊。喜爱那个好园林，檀树高大立其中，还有楮树在下边。别处山上一石头，能做器具来琢玉。

赏析

这是一首委婉含蓄，寓意深刻的讽喻诗。全诗共两章，通用比兴，二章义同。诗中以鹤来比贤能的人。鹤乃祥瑞之物，居住在曲折深幽的沼泽之地，且以鹤鸣寻伴。此处，正指贤能的人身居隐处，但声名远扬。意在暗示君王，应当依声名来寻找治国贤才。而水中鱼儿又分两种：一是潜藏于深处的良鱼，一是游于小洲浅水中的小鱼。分别喻指深藏不露的贤者和泛泛之辈的小人。贤者不轻易显露身份，是君王真正渴求的人才；而泛泛小人又何其庸俗，通常爱在君王身边显摆、搬弄是非，值得提防。诗人又用高大的檀树来比喻贤能的人，应该位居高处；而用长于檀树之下的楮树，来比喻没有贤才的平庸之辈，应处卑位；再以别处山上的石头，可用做琢磨玉石的良具，来献言君王要善于利用贤才来治国。

这首诗的独特之处在于，全诗通用比兴，隐而不显；在对野鹤、鱼儿、檀树、楮树、他山之石的描绘中，暗含哲理，却不着痕迹，可谓艺术手法甚是高妙。因此，在诗坛上广被赞赏。《朱子语类》中说："《鹤鸣》做得巧，含蓄意思全不发露。"王夫之《夕堂永日绪论》中说："《小雅·鹤鸣》之诗全用比体，不道破一句，三百篇中创调也。要以俯仰物理而咏叹之，用见理随物显，惟人所感，皆可类通。而非有所指斥一人一事，不敢明言而姑为之隐语也。"诗歌既给人艺术享受，又能达到讽喻进谏的目的，可谓一举两得。无怪乎，被誉为中国招隐诗之祖，"奏议宜雅"之发端。

小宛

宛彼鸣鸠①，翰飞戾天②。我心忧伤，念昔先人。明发③不寐，有怀二人。

人之齐圣，饮酒温克。彼昏④不知，壹醉日富⑤。各敬尔仪，天命不又⑥。

中原有菽，庶民采之。螟蛉有子，蜾蠃负之⑦。教诲尔子，式榖似之。

题彼脊令[⑧]，载飞载鸣。我日斯迈，而月斯征。夙兴夜寐，毋忝尔所生[⑨]。

交交桑扈[⑩]，率场啄粟。哀我填寡[⑪]，宜岸宜狱。握粟出卜，自何能榖？

温温恭人，如集于木。惴惴小心，如临于谷。战战兢兢，如履薄冰！

注释

①**宛**（wǎn）：小的样子。**鸠**：斑鸠。②**翰**：高。**戾**（lì）：至。③**明发**：天快亮之时。④**彼昏**：醉则日自盈满。⑤**壹**：一旦。**富**：盛，指气盛气怒。⑥**又**：通"佑"，保佑。⑦**螟蛉**：桑叶上小的青虫。**蜾蠃**（guǒ luǒ）：土蜂，似蜂而小腰。⑧**题**：视，看。**脊令**：鸟名。⑨**忝**（tiǎn）：辱没。**所生**：指父母。⑩**交交**：鸟飞来飞去的样子。**桑扈**：一种鸟，又名青雀。⑪**填**（diān）：通"瘨"，穷苦。**寡**：少。

译文

斑鸠身小尾巴短，却能高飞于苍天。忧伤充满我心中，怀念我的老祖先。天将亮时未入眠，想念父母在生前。

那些圣贤睿智人，喝酒温和能自矜。那些无知糊涂蛋，每饮必醉醉更甚。各人威仪须谨慎，否则天不保佑您。

田野长满豆角菜，百姓忙着去采摘。螟蛉倘若有幼子，细腰蜂儿抱出来。你们儿子我教育，继承祖先好德行。

瞧那小小脊令鸟，一边飞来一边叫。日日在外我奔波，月月在外我远行。早起晚睡多勤奋，要把父母英明保。

飞来飞去桑扈鸟，沿着场圃啄粟米。可怜我们穷苦人，要吃官司坐牢狱。抓把粟米去问卦，问我何时能吉利？

人们恭顺又温良，好比住在高树上。惴惴不安多小心，好像走近山谷旁。战战兢兢须提防，就像踩在薄冰上。

赏析

按照台湾学者徐复观的观点，在周初人们就产生了忧患意识。因为武王伐纣是武王以一个臣子的身份采用武力反抗的方式来推翻殷商政权的，这是不符合当时的道义的。但是纣王当时又的确荒淫无道，荼毒生灵，推翻他也是顺应民意的结果。周人建立政权后在反思殷商政权覆灭的原因时认为“天命靡常，惟德是依”，就是说上天没有对谁有特别的关照，只要你有德行它就会依顺民意；相反，如果失去德行，它也不会站在你的一边。所以西周前期统治者非常重视自己品德的修养，非常重视忧患意识的培养，本诗的作者显然是受到这种意识影响了的。诗的作者应当是一位充满忧患意识的贵族，写作此诗是要告诫人们（主要是指统治阶级）要注意保持好的品德、戒骄戒躁、重视教育、体恤黎民，只有这样才能得到上天的眷顾，也才能对得起父母和列祖列宗，才能继承并光大祖辈的业绩。

诗歌几处都以不停地在空中飞翔的鸟儿起兴，诗人由鸟儿不知疲倦地在空中探索寻觅，想到贵族们也应当像鸟儿一样不断追求良好的德行。第一章由高飞于天的斑鸠鸟起兴，引起了自己的忧患意识。诗人想到了父母和祖先，祖先们建功立业把爵位传给子孙，子孙们应当继承祖先的品德。第二章批评了那些沉迷酒色的贵族子弟，并严厉告诫他们如果不把自己当一名贵族（应当注意自己的形象和威仪，承担作为贵族的社会责任），那么上天也是不会保佑你们的。第三章以蜾蠃养子为喻，指出要重视对下一代的教育，对下一代的教育要突破狭隘的门户之见。要像老子所说的那样“幼吾幼，以及人之幼”，教育要有长远的眼光和开阔的视野。第四章告诫贵族们要勤劳为政，就像周公吐哺一样，任劳任怨，只有这样才能对得起父母在天之灵。孔子认为“三年无改于父之政”才是真正的孝子，主要也是从这个角度来讲的。第五章是告诫贵族们要体恤下民，关注民生。这里抛开为了巩固贵族政权的目的之外，也能看到古代圣贤们朴素的民本思想。最后一章是告诫贵族们要认认真真地完成政务，要有忧患意识，戒骄戒躁，小心翼翼地为政。

巧言

悠悠昊天，曰父母且[①]。无罪无辜，乱如此幠[②]。

昊天已威，予慎无罪。昊天大幠，予慎无辜。

乱之初生，僭始既涵[③]。乱之又生，君子信谗。

君子如怒，乱庶遄沮。君子如祉，乱庶遄已。

君子屡盟，乱是用长。君子信盗，乱是用暴。

盗言孔甘，乱是用餤[④]。匪其止共，维王之邛[⑤]。

奕奕寝庙[⑥]，君子作之。秩秩大猷，圣人莫之[⑦]。

他人有心，予忖度之。跃跃毚兔[⑧]，遇犬获之。

荏染柔木[⑨]，君子树之。往来行言，心焉数之。

蛇蛇硕言，出自口矣；巧言如簧，颜之厚矣！

彼何人斯？居河之麋[⑩]。无拳无勇，职为乱阶。

既微且尰[⑪]，尔勇伊何？为犹将多，尔居徒几何？

注释

①且（jū）：语气助词，无实义。②幠（hū）：大。③僭（jiàn）：通“谮”，谗告，说人坏话。涵：包容。④餤（tán）：本义为进食，引申为加剧，增多。⑤邛（qióng）：病。⑥奕奕（yì）：高大盛美的样子。寝庙：王室宗庙。庙：为前面接神之处。寝：为后面藏祖先衣冠之处。⑦猷：大道，治国之礼法。莫：谋划。⑧趯趯（tì）：疾驰地跳。毚（chán）：兔，狡兔。⑨荏染（rěn rǎn）：柔弱的样子。⑩麋（méi）：通“湄”，水边。⑪微：小腿生疮，溃烂。尰：通“瘇”，脚肿。

译文

辽阔高远的苍天，说是天下父母亲。人民没罪又无辜，却降如此的大祸。

老天实在太残忍，我是真的没犯罪。老天实在太傲慢，我是真的很无辜。

当初祸乱发生时，谗言开始得流行。祸乱再次兴起时，君子又把谗言信。

君子闻谗若发怒，祸乱很快便会停。君子如能用贤能，祸乱迅速能平定。

君子多次发誓言，祸乱于是越增长。君子轻信进谗者，祸乱就会更暴涨。

谗人之言太甜蜜，祸乱增进不胜防。小人不能尽职责，只会为王添祸乱。

宗庙宫殿高又大，原是先王亲自造。宏伟建国的大计，是由君子来谋划。

别人心中有诡计，我能一眼看得穿。蹦蹦跳跳的狡兔，遇到猎狗逃不掉。

柔弱娇小的树木，是由君子来栽种。流言传来又传去，心中分辨自有数。

轻率浅薄的大话，都是出自谗人口。花言巧语如吹簧，脸皮真是太厚了。

那是些什么人哪？住在大河的岸边。没有力量没胆识，专作祸乱的阶梯。

小腿生疮脚又肿，你的勇气哪里来？搞出阴谋大又多，你的同党有几何？

赏析

这是一篇遭受谗言陷害的臣子的哀号之作，在诗歌中他痛斥了那些献谗的小人，讽刺了听信谗言，造成大祸的君王。诗人内心无比哀痛，通过沉痛的哭诉，揭示了当时社会统治者内部君臣祸国的黑暗内幕，读来令人痛心不已！

在诗歌第一章中，诗人对着苍天哀号，哭诉自己所遭受的天大冤屈。诗人没有犯下什么滔天的罪行，却遭受到如此不公的待遇，内心备感委屈，心中的冤屈无处诉说，只能默默地向苍天来诉说！诗人怪老天太残忍，有眼无珠竟然不管百姓的死活，降下了大祸；怪苍天不公，竟然让自己蒙受不白之冤。第二章中，诗人谴责了君王利令智昏，听信谗言，酿成大祸。君王无视谗言流行带来的祸乱，竟屡次听信谗言，致使祸乱变得越来越大；也不懂得任用贤能的臣子来平定祸乱。这也反映了当时统治者的昏庸无能。第三章也痛责君王不仅与进谗小人屡定盟誓，殆误国事；还认为谗言甜蜜动听，使国家遭受更加严重的祸乱。诗人痛斥了那些不能为国尽职却添祸乱的群小。第四章中，诗人赞美了建立功业、制定大计的周朝开国君王。这也是从侧面来告诫当时的统治者，应该秉承先王治国的优良品德。并申明，那些用尽心思进献谗言的小人的险恶用心是人尽皆知的。诗人又用狡兔终难逃脱猎犬捕获，来喻指那些进谗小人最终难逃被惩治的命运。第五章中，诗人用君王应知道所栽种柔木的用途，来比喻对待各种流言，君王应该有辨明识别的能力；因为柔木多为不可用，而流言也不可全信。对那些巧言如簧、厚颜无耻的进谗者，诗人更是深恶痛绝。诗歌末章连续发问，驳斥那些无德无能，无勇无识，专门制造祸端，搞阴谋诡计的小人，那些人才是真正贻害国家的罪人！

这首诗歌的语言很朴实，但在平实的叙述中却饱含了诗人的悲愤、痛心之情，所以读来令人动容。在诗人为自己鸣冤的哭诉中，在诗人痛斥进谗小人的怒喝中，在诗人对君王昏庸的谴责中，我们都能感受到诗人一颗爱国、护国的拳拳之心；也深深为诗人在当时的昏暗世道所遭受的不白之冤鸣屈！

蓼莪

蓼蓼者莪[①]，匪莪伊蒿。哀哀父母，生我劬劳[②]。

蓼蓼者莪，匪莪伊蔚[③]。哀哀父母，生我劳瘁。

瓶之罄矣[④]，维罍之耻[⑤]。鲜民之生[⑥]，不如死之久矣！

无父何怙？无母何恃[⑦]？出则衔恤[⑧]，入则靡至。

父兮生我，母兮鞠我[⑨]。拊我畜我[⑩]，长我育我，

顾我复我，出入腹我。欲报之德。昊天罔极[⑪]！

南山烈烈[⑫]，飘风发发。民莫不穀[⑬]，我独何害？

南山律律[⑭]，飘风弗弗[⑮]。民莫不穀，我独不卒！

注释

①**蓼**（lù）：长大的样子。**莪**（é）：莪蒿，野草名，俗称抱娘蒿。②**劬**（qú）：辛勤，劳累，劳苦。③**蔚**（wèi）：牡蒿。④**瓶**：盛水或酒的器皿。**罄**（qìng）：空，尽。⑤**罍**（léi）：古代的一种盛酒器。⑥**鲜**（xiǎn）：寡、少。**鲜民**：寡民，孤子。⑦**怙**（hù）：依靠。**恃**：依靠。⑧**出**：出门。**衔**：含。**恤**（xù）：忧愁。⑨**鞠**（jū）：养育。⑩**拊**（fǔ）：通“抚”，抚摸，抚爱。**畜**：爱、疼。⑪**罔极**：无常。⑫**烈烈**：高大挺拔。**飘风**：暴风。**发发**（bō）：疾。⑬**穀**：养。⑭**律律**：高大威壮的样子。⑮**弗弗**：迅疾的样子。

译文

我蒿长得长又高，不是我蒿是青蒿。哀痛我的父母啊，生儿养女多辛劳。

我蒿长得长又高，不是我蒿是牡蒿。可怜我的父母啊，生儿养女

身憔悴。

小小酒瓶空荡荡，酒坛因此愧难当。孤苦伶仃活在世，不如早日下黄泉。

没有父亲依靠谁？没有母亲依赖谁？出门心里含悲伤，进门不见父母亲。

父啊辛勤生下我，母啊辛劳养育我。抚摸我来爱护我，哺育我来教育我，

照顾我来庇护我，出出进进抱着我。如今要报二老恩，老天无端降灾祸！

南山险峻难攀登，暴风迅猛透骨凉。无人不能养父母，独我为何遭灾殃？

南山高险难攀登，暴风迅猛尘土扬。无人不能养父母，独我无法终赡养。

赏析

这是一首深切悼念父母的诗歌。诗人是一位常年在外服役的征人，由于战事的频发、统治者的苛政，诗人无法在父母身边尽孝，赡养父母、为父母送终。面对当时的局势，诗人身不由己，无可奈何。他既对统治者的苛政表示怨愤，又对自己不能报答父母的养育恩情心存愧疚。诗人的悼念之情，真挚、沉痛、哀婉动人，读来催人泪下。

诗歌前两章皆用比兴。莪蒿貌似高大，实则软弱，只是普通的青蒿草；诗人以此来比自己痛失双亲后的孤独无依，身单力薄。父母生养自己多么辛劳，身心憔悴，可是自己还未报答他们的恩情，双亲就已凄然离世了，这怎么不叫自己痛苦、揪心！心中千百次的忏悔，都已无用！第三章中，诗人用酒瓶空荡是酒坛的耻辱，暗指人民之苦

是统治者的耻辱。诗人含蓄地表达了自己心中的怨愤和不满。接着诗人含泪痛诉自己失去双亲后，孤苦伶仃、无依无靠的凄惨身世；感念生活失去光明，宁愿自己早已命归黄泉；进家门时已不能得见父母的面容，聆听父母的教诲，却还要眼噙泪花、心含悲痛，继续为战事奔忙，这是多么沉痛的心情啊！第四章中，诗人怀想起父母生养自己的点点滴滴。父母亲辛苦地生下自己，无微不至地哺育自己、照顾自己、教育自己、庇护自己，爱在心头、捧在手心。这些细致入微的细节，都是伟大父爱母爱的体现。而今诗人要报答父母亲的养育之恩时，老天爷却无情地降下了大祸，让他们早早离开人世。如五雷轰顶，诗人遭受的打击实在太大！诗歌末章以南山的险峻难登、暴风迅猛扬起漫天尘土，来比兴统治者暴虐的苛政致使双亲暴死。别人都能在身边悉心照料父母慰其终老，唯独自己没有机会报答父母的恩情。这种骨肉分离的伤痛，深深地刻在了诗人的心上，抑郁难平！

北山

陟彼北山，言[①]采其杞。偕偕士子[②]，朝夕从事。王事靡盬[③]，忧我父母。

溥[④]天之下，莫非王土；率土之滨，莫非王臣。大夫不均[⑤]，我从事独贤[⑥]。

四牡彭彭[⑦]，王事傍傍[⑧]。嘉我未老，鲜我方将[⑨]。旅力方刚[⑩]，经营四方。

或燕燕居息[⑪]，或尽瘁事国，或息偃在床，或不已于行。

或不知叫号，或惨惨劬劳，或栖迟[⑫]偃仰，或王事鞅掌[⑬]。

或湛[⑭]乐饮酒，或惨惨畏咎，或出入风议[⑮]，或靡事不为。

◇注释◇

①言：语气助词。②偕偕：强壮的样子。士子：作者自称。③盬（gǔ）：止息。④溥（pǔ）：广大。⑤大夫：执政大臣。不均：不公平。⑥贤：古音（xiǎn）。独贤：独多、独劳。⑦彭彭：奔跑不停的样子。⑧傍傍：纷至沓来，无穷尽的样子。⑨鲜：珍视。将：强壮。⑩旅力：即膂力，体力。刚：强壮。⑪燕燕：安息的样子。居息：居家休息。⑫栖迟：栖息盘桓。⑬鞅掌：忙乱烦扰。⑭湛（dān）：通“耽”，沉溺于。⑮风：犹放，发。风议：发议论，夸夸其谈。

◇译文◇

登上那个北山坡，采摘那些枸杞菜。身强力壮男子汉，起早摸黑公事忙。王室差事没个完，担心父母无人养。

普天之下的土地，无处不归周王室。四海之内的人民，谁人不是周臣仆。执政大夫不公平，唯我办事最辛劳。

四匹公马跑不停，王室差事太繁多。夸奖说我还不老，珍视看我还强壮。体力强壮力未竭，办事奔忙在四方。

有人在家享安逸，有人在外奔波忙。有人悠游躺在床，有人不停跑在路。

有人不知人间苦，有人忧愁太辛劳。有人悠闲太自得，有人为国太心忧。

有人享乐沉于酒，有人谨慎怕惹祸。有人信口夸夸谈，有人无事不操劳。

◇赏析◇

这是一位下层士子的忧愁、悲愤之作。诗中写了两类人，一类是像诗人那样，整日为国事辛勤操劳，没有闲暇休息和照顾家中父母的士子；一类是整日游手好闲，安逸享乐的士大夫。通过对比，诗人抒发了心中的愁闷和抑郁不平！诗歌的头两句是兴句，用登上北山坡去采摘枸杞菜的情景引起下文。诗人正当身强力壮，被召唤离家为了国事整日奔波不止，无暇照顾家中的老父老母。因此，心中十分的内疚和忧愁！于是，想起了自己不幸的待遇。普天之下的土地无处不是周王室的，四海之内的人民都是周的臣子，大家都是平等的。可是，唯独我这么操劳、辛苦，最苦最累的活儿让我来干，这不是太不公平了吗？以为几句赞扬的话儿就可以把我的心收买，说我还不老，说我还强壮，还不是为了让我多干些活儿？这些大老爷们，真是太贪心，对我太不公了！诗人接着用了六个对比，来深刻揭露当时统治阶级内部士子与士大夫之间的悬殊待遇。那些士大夫们，整天无所事事，终日花天酒地，不知人间疾苦，在家里尽享安逸、信口开河、夸夸其谈，过着糜烂的生活；而那些士子们，却没日没夜地在外操劳，为了国事奔波四方、尽职尽责、忧心忡忡，不能顾及赡养家中父母，过着非人的提心吊胆的生活！这些对比多么触目惊心，让我们读之深省，是什么原因造成了如此鲜明的对比呢？我们知道，处于普通士子的下层臣子，是没有实权的，他们只能被那些手握实权的有地位的士大夫们所差遣，做着最苦最累的差事，没有一天安宁的日子过。这也反映了当时社会对人不公、劳逸不均的现实，对当今社会具有警策作用。而全诗就在这六个悲愤、鲜明的对比中戛然而止，似乎表明诗人已经是愤慨难鸣了！但心同此感的读者们，也已经体会到了诗人的心情。正如姚际恒在《诗经通论》中所评说的那样："或字作十二叠，甚奇；末更无收结，尤奇。"

鼓钟

鼓钟将将[①]，淮水汤汤[②]，忧心且伤。淑人君子，怀允不忘。

鼓钟喈喈[③]，淮水湝湝[④]，忧心且悲。淑人君子，其德不回[⑤]。

鼓钟伐鼛[⑥]，淮有三洲，忧心且妯[⑦]。淑人君子，其德不犹[⑧]。

鼓钟钦钦，鼓瑟鼓琴，笙磬同音。以雅以南[⑨]，以籥不僭[⑩]。

注释

①**鼓**：敲打。**将将**：象声词，指鼓声。②**淮水**：今指淮河。**汤汤**（shāng）：同荡荡，大水奔流之状。③**喈喈**（jiē）：象声词，形容钟声和谐。④**湝湝**（jiē）：水疾流的样子。⑤**回**：邪僻。⑥**鼛**（gāo）：大鼓。⑦**妯**（chōu）：形容因悲伤而心里难以平静。⑧**犹**：缺点，过失。⑨**以**：奏。**雅**：乐器名。**南**：乐器名，形状像铃。⑩**籥**（yuè）：排箫。**僭**（jiàn）：乱。

译文

钟儿敲起咚将将，奔腾淮水真浩荡，心中担心又悲伤。古代善人和君子，真是想念难相忘。

钟儿敲起声喈喈，淮水滔滔不停歇，心中担心又悲切。古代善人和君子，品德端正不僻邪。

敲起钟来击起鼓，淮水中间有三洲，心中担心难平静。古代善人和君子，道德无瑕品行优。

钟儿敲起声钦钦，弹起瑟来弹起琴，笙磬同吹音和谐。雅乐南乐齐演奏，排箫伴奏节拍合。

赏析

这是一首描写诗人聆听音乐、怀念往昔贤人、君子的诗歌。诗人站在美丽的淮水之滨，面对着奔腾不息的滔滔淮水，聆听着钟鼓琴瑟演奏发出的美妙乐声，心中非但没有产生愉悦之感，反生忧愁悲伤之情，追忆起先代的贤人、君子。河流是最容易激起历史感的物象，见到滚滚东逝的淮河水，诗人不禁怀想起了西周的强盛。而西周之所以强盛，是因为有很多先贤，他们端正无邪的优良品德，是西周强盛的关键。而眼下已经是盛世不再，周王室的力量江河日下，贤人们也纷纷退隐山林。这样诗人又怎能不心生惆怅，以致抑郁难平呢。读者不禁会问，诗人为何在美妙的音乐声中会心生悲伤，抑郁难平呢？这在诗歌的末章中可以找到答案。诗歌末章描写的是，钟鼓琴瑟同奏、洞箫伴奏，共同演绎雅乐南乐，乐声和谐共鸣的高妙境界。雅乐和南乐是周朝在辉煌时期的代表之作，而如今，诗人身处周朝国事衰微之时，听到如此盛世华音，自然会产生心理落差，惆怅不止，抚今思昔，感念先人端正无邪之品德。这是一种对盛世不再的惆怅和落寞，对自己生不逢时，且无缘与先哲圣贤交游的悲叹。

甫田

倬彼甫田[1]，岁取十千。我取其陈[2]，食我农人。自古有年。今适南亩[3]，或耘或耔[4]。黍稷薿薿[5]，攸介攸止[6]，烝我髦士[7]。

以我齐明[8]，与我牺羊，以社以方。我田既臧，农夫之庆。琴瑟击鼓，以御田祖[9]，以祈甘雨，以介我稷黍，以穀我士女[10]。

曾孙来止[11]，以[12]其妇子。馌[13]彼南亩，田畯至喜。攘[14]其左右，尝其旨否。禾易[15]长亩，终善且有。曾孙不怒，农夫克敏。

曾孙之稼，如茨如梁[16]。曾孙之庾[17]，如坻如京[18]。乃求千斯仓，乃求万斯箱。黍稷稻粱，农夫之庆[19]。报以介福[20]，万寿无疆。

注释

①**倬**（zhuō）：大。**甫田**：大田。②**陈**：陈旧的粮食。③**适**：去、到。**南亩**：向阳的田地。④**耘**：除草。**耔**（zǐ）：在苗根上培土。⑤**薿薿**（nǐ）：茂繁的样子。⑥**攸**：乃、就。**介、止**：休息。⑦**烝**：召集。**髦**（máo）**士**：田官。⑧**以**：用。**齐**（zī）**明**：祭器所盛的谷物。⑨**御**：迎祭。⑩**穀**：养也。**士女**：即男女，此处泛指人民。⑪**曾孙**：指周王。**止**：语气助词。⑫**以**：带领。⑬**馌**（yè）：送饭。⑭**攘**（rǎng）：让。⑮**易**：旺盛的样子。⑯**茨**（cí）：蒺藜。**梁**：荆木。⑰**庾**（yǔ）：露天的粮仓。⑱**坻**（chí）：高地。**京**：高丘。⑲**庆**：赐。⑳**介**：大。

译文

宽广无垠那大田，每年收粮千万斤。我拿仓中陈年谷，一一分给农人吃。

自古都有好年成。今天到那田地里，有人除草有人耕，黍稷茂盛密如林。于是停下来歇息，召集我的好田官。

用我满盆的谷物，和那纯色大公羊，来祭土神和四方。我的田地收成好，农夫高兴喜洋洋。弹奏琴瑟又击鼓，迎接田祖大驾降。祈求天神降甘雨，助我黍稷好生长，养活我的众子民。

曾孙来到大田里，农夫领着妻和子，齐往南田送饭去。田官看到心欢喜，

取来左右饭和菜，尝尝味道是否好。禾苗旺盛长满田，既好又多难计数，曾孙心平不发怒，农夫干活很敏捷。

曾孙庄稼收成好，堆如屋盖如大堤。曾孙粮仓个个满，好比高地和高丘。于是寻求千粮仓，于是寻求万粮车。黍稷稻粱样样有，农夫领赏乐悠悠。神赐大福作回报，万寿无疆永长存。

赏析

这是周王祭祀土神、祈求丰收的乐歌，是一首极具史料价值的农事诗。全诗共四章。第一章描写巡视夏耕的场景。先是赞美了周王的田地之多，一望无际；收割的粮食也是不可胜数。因为自古以来都有好年成，所以才有吃不完的陈粮可以拿来分发给种田的农人吃。接着写周王巡视农人耕种的情景。在那广阔无垠的田地里，有在除草的、有在给苗根培土的，还有在来回走动指导农人耕种的田官，好一派紧张、有序、热闹非凡的劳动图景！可见，这是一个大规模的农耕活动，也体现了在当时的农耕社会，统治者对农事的重

视程度。第二章写庄稼丰收后，祭祀土神、四方神、迎接田祖的祈年活动。这在农耕文化很浓的周朝，是一件生产、生活中必不可少的大事。周王派人送来了满盘的精选谷物，又供奉上了色纯肥美的大公羊（古人以羊大为美，用以表示对神灵的敬重），来隆重祭祀土神和四方神。而种地的农人也因为自己地里庄稼收成很好，于是弹起了琴瑟、敲起了鼓，兴高采烈地一起来恭迎田祖的驾临。祭祀者们共同祈求神灵保佑普降甘霖，帮助田地里的庄稼茁壮成长，取得大丰收，自己的人民也能够丰衣足食！第三章写曾孙即周王去视察农耕、农人在田官的监督下劳动的情景。农人全家人都参与了劳动，还给田官送来了饭菜。曾孙看到禾苗长满田地，农人们耕种的动作很敏捷，心中十分高兴！第四章是祝祷丰收的贺词。诗人想象庄稼收成非常好，收割好的粮食堆积起像屋盖、桥的堤坝那样厚；每个装满的粮仓，都像座座高山；需要很多的粮仓和运粮食的马车来装载。耕种的农人也都领到了周王赐给的各种稻谷，心中甭提多高兴了！这都是由于土神、四方之神、神祖们赐予了周人大的福分，才有了那么丰收的年成啊！使周王朝能够世代永存，生活在肥沃宽广无垠的土地上！

总之，这首诗歌记录了当时农业生产的实地情景，以及祭神祈福以保丰年的活动。诗歌为我们描绘了一幅耕种繁忙、庄稼生长旺盛、人民丰衣足食的盛世景象。但是，透过字面，我们也可以看到，在当时的农奴制度下，农奴的耕种都是有田官来监督的，并不自由；而粮食的收成大部分是归统治者所有，被他们掠夺了，农人只能得到部分的赏赐。可见，在丰收景象的背后，却掩饰了农人血和泪的控诉！

隰桑

隰桑有阿[①]，其叶有难[②]。既见君子，其乐如何！

隰桑有阿，其叶有沃[③]。既见君子，云何不乐？

隰桑有阿，其叶有幽[④]。既见君子，德音[⑤]孔胶[⑥]。

心乎爱矣，遐[⑦]不谓矣？中心藏之，何日忘之？

注释

①**阿**（ē）：通“婀”，柔美的样子。②**难**：通“傩”（nuó），茂盛的样子。③**沃**（wò）：柔润。④**幽**：即黝，色青而近黑，这里指叶子深绿的样子。⑤**音**：美好的语言。⑥**胶**：牢固。⑦**遐**：通“不”。

译文

湿地里桑树多美，桑树叶儿多茂盛。见着我的心上人，我的心里多欢乐！

湿地里桑树多美，桑树叶儿嫩嫩的。见着我的心上人，心里怎能不快乐？

湿地里桑树多美，桑树叶儿绿色深。见着我的心上人，如胶似漆实难分。

爱你爱在我心底，为何总是不敢提？深深藏在心里头，哪有一日曾忘记？

赏析

这是一首女子大胆热烈表达心中爱恋的情歌。诗歌的前三章用叠唱的形式，通过反复吟咏，层层深入地抒发了少女对心上人的爱恋之情。这三章不是实写，而是诗人的想象。诗人想象着自己来到了郊外湿地上，见到了一片茂密的桑树林，桑树的叶儿青翠欲滴，仿佛象征着美好的青春年华。这么幽静美好的桑树林，不正是情人约会的绝妙佳处吗？见到自己日日思念的心上人，少女的春心怎能不荡漾，心中怎能不充满喜悦之情呢？诗人的思绪随着桑林摇曳的枝条在纷飞，心中的喜悦之情越来越浓，她仿佛听到心上人在耳边的温柔呢喃，感受到心上人温暖的拥抱，如胶似漆实难分离，绵绵爱意实难割断！

这种温存的时刻实在是太美好了，诗人兴许是沉醉的太深了！所以在“梦醒时分”回到现实时，诗人又不似想象中那么大胆热烈，而是有些害羞忸怩之态。为什么自己深深爱着他，却不敢大胆表白呢？心中深深地把他埋藏，何曾有一日会忘记呢？诗人在心中不断地叩问着自己。也许是囿于当时的风俗，诗人只能在心中默默地把爱人珍藏，在想象的美好相聚中安慰自己对爱情的焦渴！这首诗歌唱出了少女对心上人纯真、炽热的爱恋。诗歌的最后两句“中心藏之，何日忘之”更是将少女深沉的爱表达殆尽，广为后人吟咏！

何草不黄

何草不黄？何日不行？何人不将[①]？经营四方。

何草不玄[②]？何人不矜[③]？哀我征夫，独为匪民[④]！

匪兕[⑤]匪虎，率彼旷野。哀我征夫，朝夕不暇[⑥]！

有芃[⑦]者狐，率彼幽草。有栈[⑧]之车，行彼周道。

注释

①**将**：奉行，服从命令行事。②**玄**：赤黑色，草由枯而变烂的颜色。③**矜**（guān）：通"鳏"，老而无妻的人。④**匪**：非，不是。**民**：人。⑤**兕**（sì）：犀牛。⑥**暇**：休息。⑦**芃**（péng）：形容狐尾的蓬松。⑧**栈**：役车高高的样子。

译文

哪种草儿不枯黄？哪一天儿不奔忙？什么人儿不出征？劳苦奔忙在四方。

哪种草儿不腐烂？什么人儿像光棍？可怜我等出征者，唯独我们不是人！

不是犀牛不是虎，旷野里东奔西走。可怜我等出征者，起早贪黑不得休！

狐狸尾巴蓬松松，深草丛里来躲藏。役车高高载征夫，匆匆行在大路上。

赏析

这是一首常年在外劳苦行役的征夫的哀怨之作。周王朝渐趋衰亡，四方征战不断，王命难违，作为国家栋梁的男儿们，无奈被迫抛家弃子，出征四野，过着劳苦非人的生活。此诗正是处于战火苦难中征夫的血泪申诉。

诗歌前两章皆以秋草起兴。并连用反诘，在连续的发难中，迸发出越来越强烈的哀怨感情。秋天百草枯黄、衰败、腐烂，这是很普遍的大自然现象。但诗人以秋草起兴又别有用意，暗含着征夫出征时凄凉的环境，而秋草的衰萎也象征着征人的形容憔悴。军令不可违抗，征战在外的男儿，只能听从将帅的号令，四处辛苦地奔忙着。哪里还有可能享受到在家时妻子的温存！还有谁像这些征夫们，过着光棍般的、非人的生活呢。诗歌的后两章，描写了征夫所处的险恶环境。第三章写征夫们既非力大的野牛，也非凶猛的老虎，却要早出晚归，出没于宽广、险要的荒野里，片刻不得休息。简直不如野兽，因为野兽在荒野里行走，还能悠游自在。而征夫们却得胆战心惊，时刻提防着周围的威胁。生命随时濒临险境。这是多么可怕的环境啊，难怪征夫不时发出哀叹之声！第四章写征夫们木制的简陋役车，匆匆行驶在大路上；看到远处一只尾巴蓬松的狐狸，躲藏在草丛深处。征夫想到自己衣不蔽体，竟然不如一只身有厚毛，能自我避寒保暖的狐狸，真是可怜悲哀至极。征人们在战争艰险中的声声哭诉，震撼人心!

大雅

大雅31篇是西周的作品，大部分作于西周初期，小部分作于西周末期。大雅最初主要用于典礼、讽谏和娱乐，是周代礼乐文化的重要组成部分。大雅广泛流行于诸侯各国，运用于祭祀、朝聘、宴饮等各种场合，在当时的政治、外交活动中，发挥了重要作用。

绵

绵绵瓜瓞[①]。民之初生，自土沮漆[②]。古公亶父[③]，陶复陶穴[④]，未有家室。

古公亶父，来朝走马。率西水浒，至于岐下[⑤]。爰及姜女[⑥]，聿来胥宇[⑦]。

周原膴膴[⑧]，堇荼如饴[⑨]。爰始爰谋，爰契我龟，曰止曰时，筑室于兹。

乃慰乃止，乃左乃右[⑩]，乃疆乃理，乃宣乃亩[⑪]。自西徂东[⑫]，周爰执事。

乃召司空，乃召司徒。俾立室家。其绳则直。缩版以载，作庙翼翼。

捄之陾陾[⑬]，度之薨薨[⑭]，筑之登登，削屡冯冯[⑮]。百堵皆兴，鼛[⑯]鼓弗胜。

乃立皋门[⑰]，皋门有伉[⑱]。乃立应门[⑲]，应门将将[⑳]。乃立冢土[㉑]，戎丑攸行[㉒]。

肆不殄厥愠[㉓]，亦不陨厥问[㉔]。柞棫拔矣[㉕]，行道兑矣。混夷駾矣㉖，维其喙矣㉗。

虞芮质厥成㉘，文王蹶㉙厥生。予曰有疏附㉚；予曰有先后㉛；予曰有奔奏㉜；予曰有御侮。

注释

①**绵**（mián）：连。**绵绵**：连续不绝的样子。**瓜**：大瓜。**瓞**（dié）：小瓜。②**土**（dù）：指杜水，在今陕西省麟游、武功两县。**沮、漆**：都是水名。③**古公**：亶父的号。**亶**（dǎn）**父**：名亶，即太王。④**陶**：冶烧。**复**：古时的一种窑洞，即旁穿之穴。复、穴都是土室。⑤**岐下**：岐山东北。⑥**爰**：乃，于是。**姜女**：亶父之妃，姜氏。⑦**聿**：语气助词。**胥**：视察，察看。⑧**周**：岐山下地名。**膴膴**（wǔ）：肥沃。⑨**堇**（jǐn）、**荼**：野菜名。**饴**（yí）：用米芽或麦芽熬成的糖浆。⑩**左、右**：用作动词，居于左，居于右。⑪**宣**：导沟泄水。**亩**：根治田亩。⑫**徂**（cú）：往。⑬**捄**（jiū）：聚土和盛土的动作。**陾陾**（réng）：装土声。⑭**度**（duó）：向版内填土。**薨薨**（hōng）：人声及倒土声。⑮**屡**（lóu）：通"娄"，隆高。**冯冯**（píng）：削土声。⑯**鼛**（gāo）：大鼓名，长一丈二尺。⑰**皋门**：外城门。⑱**伉**（kàng）：高。⑲**应门**：王宫正门。⑳**将将**：尊严正肃的样子。㉑**冢土**：大社。社是祭土神的坛。㉒**戎**：兵。**丑**：众。**攸**：用，因而。㉓**肆**：故。**殄**（tiǎn）：绝。**厥**：其，指文王。**愠**：怒。㉔**陨**（yùn）：失落。**问**：名声。㉕**柞**（zuò）：植物名，橡栎的一种。**棫**（yù）：白桵（ruí），小木，丛生有刺。㉖**混夷**：西戎的一种，又作昆夷、犬夷。**駾**（tuì）：奔突。㉗**喙**（huì）：气短而喘息。㉘**虞**：古国名，今山西省平陆县东北。**芮**（ruì）：古国名，今陕西省朝邑县南。**质**：正，公正评断。**成**：平，和好。㉙**蹶**：动，感动。**生**：通性，天性。㉚**疏附**：使疏远者

亲近君王的臣子。㉛**先后**：前后辅佐相导的臣子。㉜**奔奏**：奔命四方的臣子。

译文

大瓜小瓜连绵不断，我们周族的初民，生活在杜水沮漆边。古公亶父，把窑洞挖，把地窖打，那时候还没宫殿。

古公亶父，清早赶着他的马，沿着渭河西岸，一直来到岐山下。他和他的姜氏夫人，来把安家的地方考察。

周原土地真肥美，堇菜苦菜甘如饴。于是大伙儿来商量，神的启示显在龟板上，说的是："停下""好日子""就在这儿盖起房"。

住下来，心安稳，或左或右来扎营，划疆界分好地，挖沟排水修田塍。从西一直排到东，人人都有地来种。

叫来了司空，召来了司徒，吩咐他们造宫室。要测直线用墨斗，捆上木板栽木桩。造起的宗庙很庄严。

盛起土来声陾陾，填起土来轰轰响。登登登是在捣土，砰砰砰是在削墙。百堵墙儿同筑起，擂大鼓也听不到响。

立起王都的郭门，郭门修得多么雄浑。于是立起了宫门，宫门庄严又端正。大社坛也建起来，人们都去拜神灵。

对敌的愤恨不曾消除，礼节声望仍然保住。砍掉柞树和棫树，打通了往来的道路。混夷吓得望风奔逃，累得气喘又吁吁。

虞芮的争端要我们来调解，文王感动了他们的天性。我有团结上下之臣；我有前后帮扶之民；我有人奔走宣德四境；我有将士抵抗侵凌。

赏析

本诗是周人的史诗之一，叙述了周祖先古公亶父率领周人从豳迁往岐山周原，开国奠基的事迹，以及文王继承古公亶父的事业，维护周人的美好声望，赶走了混夷，并建立起了完整的国家制度，周人从此强盛起来。这是一段周人由弱转盛的历史记载，歌颂了古公亶父这位继往开来的英雄。

本诗的内容十分丰富，诗歌开篇起兴，用大瓜小瓜的连绵不断来比兴周人的渐渐兴旺。周人先民起初是生活在杜水沮漆一带，由于受戎狄的不断骚扰，被迫离开豳地迁往他处。诗中描写了周族离豳至岐之前的一段艰难生活，周人在古公亶父的率领下挖窑洞、打地窖。第二章写古公亶父与妻子姜氏驱马到岐山一带考察地形。第三章写亶父与众臣一起谋划，占卜定居。第四章写周人在岐山扎营定居，划田界、挖水渠，开始农业生产。第五、六章写周人营建之事。古公亶父命令营建管事司空和调配人力的管事司徒，组织人员测量、打桩，开始营建宫室、宗庙。其中对营建的场面描写十分生动，连用了四个象声词来形容营建的动作：盛土声陾陾，填土声薨薨，捣土声登登，削墙声冯冯，节奏感、韵律感极强。第七章中，诗人赞美了建好的宫门，多么雄伟端正；而建好的社坛也迎来如潮的人民的祭拜。这是周人的优良传统。第八章写周文王继承祖先的事业，壮大自己，赢得好声誉，并且赶走了混夷，周人过上了安稳的日子。第九章写周文王的美德感动了虞芮两国，使他们停止了争端。周文王得到了贤臣、良士的帮扶，德行广泽四方，国家日益强大。

思齐

思齐大任[①]，文王之母，思媚周姜[②]，京室之妇。大姒嗣徽音[③]，则百斯男。

惠于宗公，神罔时怨，神罔时恫[④]。刑于寡妻[⑤]，至于兄弟，以御于家邦。

雝雝在宫，肃肃在庙。不显亦临[⑥]，无射亦保[⑦]。

肆戎疾不殄[⑧]，烈假不瑕[⑨]。不闻亦式[⑩]，不谏亦入[⑪]。

肆成人有德，小子有造。古之人无斁[⑫]，誉髦斯士[⑬]。

注释

①**思**：语气助词。**齐**（zhāi）：通“斋”，庄敬。**大任**：即太任，文王的母亲。②**媚**：敬爱。**周姜**：太姜。③**大姒**（sì）：太姒，文王之妻。**嗣**：继承。**徽**：美好。④**罔**：无。**恫**（tōng）：哀痛。⑤**刑**：典范。**寡妻**：嫡妻。⑥**不**：语气助词。**显**：显明。**临**：治理。⑦**射**：厌倦。**保**：保守。⑧**肆**：故，所以。**戎疾**：灾难。**不**：语气助词。**殄**（tiǎn）：灭绝。⑨**烈假**：瘟疫。**瑕**：远。⑩**式**：用。⑪**入**：采纳。⑫**斁**（yì）：厌足。⑬**誉**：好名声。**髦**：俊秀。

译文

多么庄敬的太任，她是文王的母亲。多么敬爱的太姜，她是王室的主妇。太姒继承好名声，生的男儿各个好。

文王恭顺于先公，神灵满意无怨恨，神灵放心无哀痛。他用嫡妻做典范，一视同仁待弟兄，齐家治国由此成。

他在王室很和乐，他在宗庙很恭敬。治理朝政很英明，安抚百姓不厌倦。

因而灾难都灭绝，害人瘟疫也远离。好的意见都采纳，逆耳忠言也接受。

如今成人品德好，弟子也有好前程。先王教诲不知倦，士子俊秀声名好。

赏析

这首诗赞美了文王善于修身、齐家、治国，而这同他祖母和母亲的教育、妻子的帮助是分不开的。此诗语言简练、层次分明，通篇用赋的手法叙写。诗歌第一章赞美了周王室三位母亲的美德。文王的母亲太任，端庄让人敬重；文王的祖母太姜，是让人敬爱的王室之母；文王的妻子太姒，温柔美丽，秉承了先母的好名声，生出的男儿个个是好样儿。这三位伟大的女性，对周王室家族的兴盛功不可没。第二章写文王善于修身、齐家、治国。文王对祖先恭敬、尊重，所以神灵满意无怨恨，保佑周王室福禄永存。文王以身作则，使妻子为德所感化；然后以妻子为表率，文王兄弟也为德所感化；进而将之推广到整个国家，使百姓也为德所化。第三、四章写文王如何治国安民。诗中描写了两个典型的环境——王室和宗庙来塑造文王的形象。他在王室里是一个表率，处处以身作则，躬行德行，与人和乐相处，有很高的威望。在宗庙里，他恭敬、肃静，对神灵十分敬重。这是文王在自身修养方面的践行。正是有了这样的高尚品德，在治理朝政上，文王表现得很英明；在安抚百姓方面，他也从不厌倦懈怠；在对待臣子的谏言时，他能广纳良言，不拒逆耳之忠言。有了这样的好德行，自然一切的灾难和瘟疫都会远离周国。诗歌最后一章写文王勤于培养人才，兴教化之功。一个国家的未来需要靠那些有才能有品德的人来振兴，所以有远见的文王将培育人才作为兴邦之计。他继承先祖的遗训，诲人不倦，培养出大批德才兼备的俊秀之士。

此诗全篇皆为赞美周王室之功，而对周之百姓之功避而不谈，难免有片面之嫌。因为，历史乃是人民所创造的，而不是少数统治者独有之功。可见，诗人乃是为统治阶层立命的。但是，在当时的历史条件下，本诗的作者已经有较高的理性思维了，其叙述高度概括，语言也很简练，这也是值得肯定的。

灵台

经始灵台①，经之营之②。庶民攻③之，不日成之。
经始勿亟④，庶民子来。王在灵囿⑤，麀鹿攸伏。
麀鹿濯濯⑥，白鸟翯翯⑦。王在灵沼，於牣⑧鱼跃。
虡业维枞⑨，贲鼓维镛⑩。於论⑪鼓钟，於乐辟雍⑫。
於论鼓钟，於乐辟雍。鼍鼓逢逢⑬。矇瞍奏公⑭。

注释

①经始：开始建造。灵台：周代台名，故址为陕西西安西北。②经：测量。营：规划。③攻：修建。④亟（jí）：通“急”。⑤灵：周囿名。囿（yòu）：古代帝王畜养禽兽的园林。⑥麀（yōu）：母鹿。濯濯（zhuó）：肥壮的样子。⑦翯翯（hè）：洁白光泽的样子。⑧牣（rèn）：满。⑨虡（jù）：古代悬挂钟或磬的架子两旁的柱子。业：装在虡上的横板。维：与。枞（cōng）：钟、磬的崇牙，用于悬钟。⑩贲（fén）：通“鼖”，一种大鼓。镛（yōng）：大钟。⑪论：通“伦”，有秩序。

⑫**辟雍**：周王住的离宫。**辟**：通“璧”。**雍**：通“壅”，阻水为池。⑬**鼍**（tuó）：即扬子鳄，皮可做鼓。**逢逢**（péng）：鼓声。⑭**矇瞍**（méng sǒu）：乐官。矇和瞍都是盲人的称呼，古代乐师以盲人充任。**公**：通“功”，成功。

译文

灵台开始来建造，仔细测量巧规划。百姓一起来修建，没花几天就建成。

开始规划不急迫，百姓如子齐拥来。周王游览在灵囿，母鹿安然卧林间。

母鹿身强又肥壮，白鸟洁白羽毛丰。周王来到灵沼边，满池鱼儿蹦跳欢。

钟架横板和崇牙，悬挂大鼓和大钟。鼓声钟声多和谐，周王离宫乐悠悠。

鼓声钟声节奏美，周王离宫乐融融。鼍皮大鼓咚咚响，乐师演奏庆成功。

赏析

这首诗记载了周文王建造灵台，在灵囿、灵沼游览，并在离宫欣赏奏乐的事情。第一章写周文王开始建造灵台时，进行了周密的丈量和规划。周的百姓十分踊跃，为建灵台积极响应，在很短的时间里就完成了大业。这里表面是写建灵台之事，实际上是赞美周文王深得民心，受到百姓的热烈拥戴。第二章写周文王到灵囿里观赏，园中的禽兽安然不惊、悠然自得一派融合景象。母鹿在林间悠然自得地卧着，白鸟停歇在树枝上，羽毛光亮洁白无瑕。池中的鱼儿见到文王，都雀跃地蹦跳起来，好像在欢迎文王的到来，好一幅人和自然和谐共处的画卷。此处的描写带有夸饰意味，不过诗人意在赞颂周文王的德行广泽万物，以衬托文王的平和恬静。最后两章写周文王在离宫辟雍听乐师演奏，诗中描写了大钟大鼓整齐摆放的壮观场面，以及乐师高超的演奏技巧；钟鼓声洪大而节奏有序，音韵谐和，文王陶醉其间，心中乐融融！

这首诗歌的成功之处，在于对具体的事实描写，如第二章中对母鹿、白鸟、鱼儿的刻画。诗人显然是在美化周文王的形象，而将百姓为文王建造灵台说成是“庶民而来”，实乃委屈事实，而建灵台、修沼池，实际是统治阶级强制征民为之。诗人在赞颂周文王政治修明、安乐生平的背后，恰恰掩盖了百姓凄苦挣扎的悲惨处境。

荡

荡荡上帝①，下民之辟。疾威上帝，其命多辟。天生烝民，其命匪谌②？靡不有初，鲜克有终。

文王曰咨，咨汝殷商！曾是强御，曾是掊克③；曾是在位，曾是在服。天降滔德④，女兴是力。

文王曰咨，咨女殷商！而秉义类，强御多怼⑤。流言以对。寇攘式内。侯作侯祝，靡届靡究。

文王曰咨，咨女殷商！女炰烋⑥于中国。敛怨以为德⑦。不明尔德，时无背无侧⑧。尔德不明，以无陪无卿。

文王曰咨，咨女殷商！天不湎尔以酒，不义从式。既愆尔止⑨。靡明靡晦。式号式呼。俾昼作夜。

文王曰咨，咨女殷商！如蜩如螗[10]，如沸如羹。小大近丧，人尚乎由行。内奰于中国[11]，覃及鬼方[12]。

文王曰咨，咨女殷商！匪上帝不时，殷不用旧。虽无老成人，尚有典刑。曾是莫听，大命以倾！

文王曰咨，咨女殷商！人亦有言：颠沛之揭，枝叶未有害，本实先拨。殷鉴不远，在夏后之世！

注释

①**荡荡**：法度废坏的样子。**上帝**：指君王。②**谌**（chén）：诚信。**匪谌**：不守信用。③**掊**（póu）**克**：聚敛搜刮民财。④**滔**：慢。**滔德**：倨慢无忌的德行。⑤**御**：强暴。**怼**（duì）：怨恨。⑥**炰烋**（páo xiào）：同咆哮。⑦**敛怨**：多为可怨之事，而反自以为德。⑧**时**：是，此。**背**：依靠。**侧**：扶助。⑨**愆**（qiān）：过。**止**：仪容。⑩**蜩**（tiáo）、**螗**（táng）：都是蝉的名字。⑪**奰**（bì）：发怒。⑫**覃**（tán）：延伸。**鬼方**：殷周时西北部族的名称。

译文

上帝骄纵又败法，却是下民的君王。上帝贪婪又暴虐，政令邪僻太反常。

上天生养众百姓，政令无信老扯谎。万事开头都不错，很少能有好结果。

文王开口长叹息，可叹你这殷纣王。如此暴虐太凶残，如此聚敛刮民财；竟然居官在高位，如此执政实荒唐。天生傲慢坏品性，你们助他兴风浪。

文王开口长叹息，可叹你这殷纣王。任用忠贞善良士，强暴之徒多怨恨；流言蜚语来攻击，寇盗抢夺生内堂。诅咒贤良得灾祸，没完没了遭灾殃。

文王开口长叹息，可叹你这殷纣王。你在国中乱咆哮，积累怨恨为恶德。

品德昏昧不自明，前后左右无贤良。品德昏昧不自明，没有辅佐无卿相。

文王开口长叹息，可叹你这殷纣王。上天不让你酗酒，不宜之事别顺从。

仪容举止全乱套，没日没夜沉于酒。又是叫啊又是喊，昼夜颠倒实荒唐。

文王开口长叹息，可叹你这殷纣王。怨声载道如蝉鸣，好似开水和滚汤。

大小政事多败坏，你却照旧行不改。国内人民都愤怒，怒火蔓延到远方。

文王开口长叹息，可叹你这殷纣王。不是上帝不善良，殷商不用旧典章；虽然身边无老臣，还有典章和法规。如此还不听人劝，国家迟早要覆亡。

文王开口长叹息，可叹你这殷纣王。古人曾经这样讲：树木倒下根朝上；枝叶虽未受损害，树根实在已先坏。殷商镜鉴不太远，应知夏桀怎样亡。

赏析

此诗乃托古讽今之作，诗中假托文王指责商纣而讽刺周王昏暴误国、政治败乱。诗歌首章指责商纣王贪婪暴虐、政令不乖、反复无常。诗人感叹天命不可靠，万事总是有好的开端而无好的结局。从第二章起，诗中连用七个排比句式，假托文王指斥纣王来讽刺周王的暴行。第二章假托文王慨叹纣王暴虐残忍、品性败坏，行不义之暴政，使百姓遭受苦难；实际上是暗讽周王也有此行。第三章假托文王指责纣王任用奸臣迫害忠良之臣，致使国中钩心斗角、争斗混乱，忠良遭害；这也暗指周王有此行。第四章假托文王指责纣王品行败坏，昏昧不自知，终使贤良离弃，身边失去了辅佐。实际上也是对周王有同样败行的讽刺。第五章假托文王怒斥纣王酗酒作乐，败坏礼教，荒淫无度；委婉警告周王不可效尤。第六章假托文王指责纣王的暴政激起了民怨沸腾，而却不思反省，依然我行我素，不采取任何的补救措施；这实际上是对周王暴政激怒民愤的讽刺。第七章假托文王指责纣王违背祖先典章，国将覆亡；此处是对周王违背法度擅自逆行，将要亡国的警示。第八章假托文王劝诫纣王不听先人遗训离覆亡之日已不远，实际是警示周王要借鉴商纣覆亡的教训。

总而言之，这首诗歌开启了中国借古讽今的先河，用委婉含蓄的描写来针砭时弊，这种讽喻效果比起正面直接进谏要好得多，因而为后世所乐用。诗中的叙述饱含感情，用排比句式直赋其事，很有感染力。

三颂

颂是《诗经》的组成部分。包括《周颂》31篇，《鲁颂》4篇，《商颂》5篇，共40篇，合称“三颂”。《周颂》大部分是西周初年周王朝的祭祀乐章，也有迟至昭王时的作品。《鲁颂》是春秋时期鲁国的颂歌。《商颂》是春秋时期宋人追述祖业（宋为殷商后裔）之作。

清庙

於穆①清庙②，肃雍③显相④。济济多士⑤，秉文之德⑥。

对越在天⑦，骏⑧奔走在庙。不显不承⑨？无射于人斯⑩。

注释

①**於**：赞叹词，即呜呼，含有赞美感叹之意。**穆**：深幽壮美的样子。②**清**：清明。**庙**：庙宇。郑《笺》：“清庙者，祭有清明之德者之宫也，谓祭文王也；天德清明，文王象焉。”③**肃**：敬，庄严肃穆之意。**雍**：和谐。④**显**：高贵显赫。**相**：助，助祭者。⑤**济济**：威仪而整齐的样子。**多士**：指参加祭祀的官员。⑥**秉**：执行，执持。**文**：指周文王。**文之德**：也可指“文德”即与武功相对的文事才德。⑦**对**：报答。**越**：宣扬。**在天**：指文王在天之灵。⑧**骏**：疾，迅速。⑨**不**：同“丕”，大。**显**：光耀，发扬。**承**：继承。⑩**无射**：不厌，不被人厌弃。**斯**：语气词。

◇译文◇

呜呼！宗庙肃穆多清静，助祭恭敬又显贵。执事威仪又整齐，文王德行谨奉行。

报答文王在天灵，迅速奔走于庙庭。光耀继承文王德，百姓不厌皆崇敬。

◇赏析◇

周人是一个崇尚礼仪的部族，祭祀祖先是他们生活中的一个重要内容。《周颂》收集的都是周王朝用于宗庙祭祀的乐歌。正如郑樵所说："宗庙之音曰颂"，《清庙》就是周人对祖先周文王的颂歌。那么，周人为什么要祭奠文王，他有什么特别的功绩值得后人纪念呢？周文王在世之时并没有征服商朝，统一中原，但是他开创了周氏族向外扩张的显赫局面，为周武王以后统一中原奠定了坚实基础。因此，在周人的眼中，文王是一个德耀四方、神圣不可超越的开国之君，很值得后人的歌颂。

这首诗歌的特别之处在于，诗人并没有从正面直接歌颂文王的德行，而是从侧面描写来烘托。诗歌首句用感叹之词起兴，"呜呼"为下文的咏颂设下了感情基调。用肃穆清净来形容宗庙，表现出参加祭祀的人对宗庙的敬慕之感、敬畏之心。接着，诗歌描写了祭祀文王典礼庄重、有序、繁忙的场面。恭敬显贵的助祭，以及威仪整齐的执事一起参与了祭祀大典，紧张而有序地奔走于庙庭之上，以答谢先祖文王的在天之灵。整个祭祀场面隆重，气氛浓烈。在此，诗歌并没有直接抒发对文王的敬仰之情，但却浓墨重彩地描写出祭祀场面的隆重、肃穆，以及参加祭祀大臣、执事的恭敬、忙碌；而我们可以想象得到，如果没有人们对文王德行的崇敬、敬仰，是不可能有如此隆重的祭祀场面和恭敬之行的。这也正是这篇颂歌的独特之处，为下文点出诗歌的主旨埋下了伏笔。

“不显不承？无射于斯人”一句点出了诗歌主旨：难道文王的德行不显贵吗，不值得后人去好好继承发扬吗？后人是不会厌弃文王之德的啊！阐明了周之子民将秉承先祖文王的德行，将之发扬光大，绝不废弃的决心。

这篇颂歌主要用了赋的手法，将严肃的祭祀颂词书写得情采洋溢，感人肺腑。整篇颂词词清意美，无怪乎被列为《周颂》之首。

天作

天作高山①，大王荒之②。彼③作矣，文王康④之。

彼徂⑤矣，岐有夷之行⑥。子孙保之。

注释

①**作**：生。**高山**：岐山，今陕西省岐山县东北。②**大王**：太王，指周文王祖父古公亶父。**荒**：垦荒。严粲《诗缉》：“治荒为荒，犹治乱为乱也。今言开荒，即始辟之意也。”③**彼**：那。④**康**：使安康。杨树达《小学述林》卷六：“康，当读为赓。天作高山，大王垦辟其荒秽，彼为之始，而文王赓续治之。”⑤**徂**：往，指归周。⑥**夷**：平。**行**：路也。

译文

上天造立这高山，大王开始来开荒。大王开创功劳大，文王继续来发扬。

岐山之下经过开发后有平坦的道路。子孙永葆代代昌。

赏析

这是一首祭祀大（音tài）王即古公亶父的诗。大王是周文王的祖先，在古公亶父之前，周人都居住在豳地。后来，由于遭受狄人的骚扰，古公带领周人移居到现在的岐山一带。周人搬迁到岐山之后，势力迅速壮大，为后来取代商纣王做了力量上的准备。可以说，古公亶父在周人眼里，具有非常重要的地位，是文王之前最卓著的领袖。这首颂便是用来歌颂古公亶父的丰功伟绩，表达后人对其无上之尊敬。

首句把昊天和大王对举，高山是由上天所成，而周人能有后来的昌盛是和大王的功绩分不开的。天是化育万物的原始力量，而大王则是带领周族繁荣的领袖。这里用到了“比德”，把大王的功德和昊天的恩赐并举，可以说是对大王最高的赞颂。第二句讲的是文王的基业是在大王奠定的基础之上建立起来的，没有大王就没有有文王的功业。大周的功业奠基于大王，而成就于文王。第三句说的是大王带领族人迁移到西岐，走上了一条康庄大道，前景越来越好。最后一句是告慰大王的话，对祖先最高的尊敬莫过于继承其光辉的业绩，并发扬光大。

这首颂的文字不多，但内容赅备，有对祖宗功德的赞颂，有对祖宗业绩的分析，还有对祖宗的承诺。“比德”的使用，使作品的意蕴丰富、韵味深长。

丰年

丰年多黍多稌①，亦有高廪②，万亿及秭③。

为酒为醴④，烝畀祖妣⑤。以洽百礼⑥，降福孔皆。

注释

①黍（shǔ）：小米。稌（tú）：稻子。②亦：句首语气助词。廪（lǐn）：米仓。③亿：数量词，周代十万为一亿。秭（zǐ）：数词，一万亿为一秭。④为：动词，做，酿造。醴（lǐ）：甜酒。⑤畀（bì）：给予。祖妣：指男女祖先。⑥洽：备齐。百礼：指牲、玉、币、帛等祭品，泛指祭品和礼仪的众多。

译文

丰收年成黍稻多，高大米仓一座座，成万成亿装进去。

酿成清酒和甜酒，进献祖公和祖婆。百般祭礼都备齐，普降福祉无灾难。

赏析

周代的典礼繁多，而祭祀祖先尤为重要。在以农业为主业的周代，先民们十分重视自己辛勤劳动耕耘的结果，不管是在年成好的时候，还是在年成不好的时候，他们都不忘把收成的好坏告诉自己的祖先，以祈求祖先降福，保佑丰收，免遭灾害。而这首《丰年》，就是周人在秋天丰收之后，祭祀祖先时所唱的乐歌。

该诗篇幅很短，虽寥寥数语，却能将丰收的喜悦与祭祀祖先的虔诚之情表达尽致。全诗皆用赋法，前三句简要介绍了秋收的情况。这是一个丰收的秋天，劳动者们收割了成万上亿的粮食，并用又高又大的米仓把它们装好。既然年成这么好，那是不是也应该让自己的祖先一起分享呢？于是，后四句写道：先民们忙着把粮食酿制成美酒、甜浆，并备齐百礼，一起来进献自己的祖先；心中还不忘祈求祖先普降福祉，免除灾难，以盼来年也有好的收成！

这首诗歌，语言朴实无华，没有很浓的文学色彩。但却把周代先民在农事中祭祖画面描绘出来了。可以说，是颂中的佳作。

有駜

有駜①有駜，駜彼乘黄②。夙夜在公，在公明明③。

振振鹭，鹭于下。鼓咽咽，醉言舞④。于胥乐兮⑤！

有駜有駜，駜彼乘牡。夙夜在公，在公饮酒。

振振鹭，鹭于飞。鼓咽咽，醉言归。于胥乐兮！

有駜有駜，駜彼乘駽⑥。夙夜在公，在公载燕⑦。

自今以始，岁其有。君子有谷，诒孙子⑧。于胥乐兮！

注释

①**駜**（bì）：肥壮强有力的样子。②**彼**：那。**乘**：四匹马驾车称一乘。**黄**：黄色的马。③**明明**：操劳勤勉。④**咽咽**（yīn）：形容鼓声深沉有节奏。**醉言舞**：醉而起舞。⑤**于**：发语词。**胥**：相与。**于胥乐**：指君臣一起醉舞狂欢。⑥**駽**（xuān）：青黑色的马。⑦**载**：则、就。**燕**：通“宴”，宴饮。⑧**君子**：指鲁公。**谷**：善，福禄。**诒**：遗留。

译文

多么肥壮又有力，四匹黄马真剽悍。早晚忙碌在公所，办公勤勉又操劳。

白鹭振翅在飞翔，忽而上升忽而下。鼓声阵阵咚咚响，酒醉而起翩翩舞。君臣宴饮乐开怀！

多么肥壮又有力，四匹公马不寻常。早晚忙碌在公所，公所里面把酒饮。白鹭振翅在飞翔，忽而上升忽而下。鼓声阵阵咚咚响，酒醉而归都散场。君臣宴饮乐开怀！

多么肥壮又有力，四匹青马驾车行。早晚忙碌在公所，公所里面来宴饮。打从今天作开头，年年岁岁好收成。鲁公好善有福禄，遗留子孙来继承。群臣宴饮乐开怀！

赏析

这是一首描写鲁公与群臣在祭祀祈年之后进行的宴饮、欢舞场面的诗歌。

全诗共三章，每章皆以肥壮有力的马儿写起。周代的礼制很严格，不同的身份地位在礼器的使用方面也有严格的区分。身份本是抽象的名称，它们由具体的物质享受来体现，在出行时，最引人注目的当然是车驾了。所以对马和驾乘的描写实际是在描绘人物的身份。本诗接着转向描写庙堂，“夙夜在公”的“公”，当作官府讲，但是，这里的官府不同于一般的官府，是僖公祭祀祈年的庙宇，古代祈年为郊祭，在国都以外，故首二句反复咏马。然后才写到乘车马的人，从早到晚忙忙碌碌，写马实际也是在写人，通过对马匹的描写来交代人的活动情况。

诗歌前两章写鲁公与群臣宴饮甚欢，醉酒而舞以及醉酒而归的场景。第一章写醉酒而舞的情景。诗中所写白鹭振翅忽上忽下地飞翔，实际上是指众臣们手持鹭羽而舞的姿态。而宴饮自然少不了伴奏，在阵阵响起的鼓声中，群臣们把酒欢畅，翩翩起舞。可谓酒兴舞兴浓烈，君臣们放下了平日里的尊卑之序，全无拘谨，融洽地起舞，宴会达到了高潮。诗歌第二章继写君臣乘着酒兴一起跳舞的情景，直至大家欢畅淋漓，舞到不能自矜，才肯罢休，酒醉而归，纷纷散场。第三章揭出郊祀之事。駽为青骊马，与前面描写的乘黄有所不同，可能是鲁公所乘，以乘駽推出鲁公，显出其身份的不同。群臣的欢乐是君主所赐，所以说："在公载燕。"饮宴不是普通的一次聚会饮酒，它一方面是欢娱群臣，另一方面还是祭祀。据朱熹考证：古代祭祀祈年的庙堂分为前庙和后寝，前庙以奉神，后寝以藏衣冠，在前庙里祭祀之后便往后寝举行宴会。下面四句是诗人的祈祷，希望从今以后，年年都有好的收成，并把这福泽传给子孙后代。谷，兼含福善之意，诗人不仅希望鲁君把收获的粮食传给后代，更希望鲁国福泽绵长，享祚长久。据《史记·鲁周公世家》记载"成王乃命鲁得郊，祭文王"，郊祭显示出鲁国在诸侯中的崇高地位，因而诗人极力进行赞扬，每章都以"于胥乐兮"为结束。诗歌最后一章是写对众臣们鲁公的祝词，祈祷从今往后鲁国年年都风调雨顺，五谷丰登；鲁国的子孙后代们继承鲁公的好福禄，世代享福。宴会在祝福声中接近尾声，鲁公与众臣们尽兴而归。

诗经之美

版式设计：周　正

文字编辑：樊文龙

美术编辑：刘晓东